# 自 序

没有礼乐框架承载的哲学理论都没到信仰体系的层面上去。国家礼乐秩序所附庸的理论体系的确立，是构建国家系统信仰文明性质的决定性因素。而中国国家所能确立的信仰体系，不能依赖宗教（事实上中国人文传统里没有这个土壤），因为中国一直是多教并存的状态。除了宗教之外，多民族风俗信仰差异和生存方式都是中国多元文明并存的传统特点，也与当下的唯物史观对立。比宗教作为国家信仰辅助体系更大的人文体系载体是儒家思维客观性的大格局表征。理性人文道统的信仰理论体系，不仅仅是哲学意义上的价值导向，更重要的是参与重建国家文明模式，所涉及的领域是无穷大的，只有确立道统之“一”，无穷之大就能得到纲领性的统摄。也可以说，唯有儒家是唯一一个可以包容并蓄并能秩序化“驱逐性文明”的文明范本，这可以从中国传统人文系统中找到佐证，那些排他性的民族文明因素都在数千年的中国历史长河中被儒家道统思维“共处秩序化了”。

国家意识形态体系虽然明确，而对道统人文的态度并不明确，从而令整体方向很难确定。安定富强是治国的本源目标，让阶段性的目标成了治国理念，这有明显的历史阶段性特色。问题是，这种历史阶段性的使命已经危及到了本体，才出现了系列危机。在理论的两极固化思维里，我们被困于政治路线的争论，虽然走的是适合国情的实用意旨，却在理论思维固化中失去平衡，从而引发了群体对治国本源的思考。

在世界性的多元文明被资本主义经济秩序驱逐的趋势下，不但会引起世界经济格局争端，还会引发军事动荡等事件。这是一种文明模式所造成的国与国之间的利益争夺惯性。资本主义文明在当下所要面临的历史课题：一是由于世界秩序的构建意图所产生的世界格局的对抗动荡事实，在酝酿更加不稳定的未来；二是资本主义文明逻辑里的工业化对世界文明多元性的驱逐，摧毁了人类文明的人文统领意义，在科学理性主义下及其唯物史观的逻辑里所构建的商品社会秩序严重的摧毁了人文信仰的救赎途径；三是市场驱动的流动性经济秩序运行，已经完全背离了人类生存的安定本意；四是极致的市场机制流动性严重的裹挟了人们生活、生存方式，并把生活资料的生产及分配交给经济流动性秩序，在“需求决定生产”的模式中对自然环境及资源造成了巨大的伤害。极端的生活资料生产，打破了生态平衡，并在该模式中形成了对有限资源的争夺必然。这些问题，唯有中国传统儒家思想里的道统思维才能解决。在人类强权史中，军事强权、政治强权、经济强权都是历史不断突破的动力。先秦儒家的思维里，孔子所策划的人文体系所关注的是和平共处秩序，而不是强权和兼并逻辑。若仅仅是形而上的理论，不足以说明该共处秩序的模式，本书在此基础上，尽力阐述了该模式下的纵向和横向的系统性框架及逻辑，希望能为文明重建提供一个系统性方案。

同时，也在分析西方文明纵横发展的基础上，探讨中国特色的文明秩序构建。二是“传统”与“现代”的辩证统一，以中国先秦儒家思想逻辑为借鉴，要构建的却是当代甚至今后一个历史时期的文化价值大厦，有“古为今用”之意旨。三是“多元”与“主体”的辩证统一。该书看似内容庞杂，中学与西学兼容，自然与人文相映，古籍与今典互参，实则以文明体系重建为终归，颇有“六经注我”之意趣。

不仅如此，最终归结到文明重建和多元文明重建的主张。那么，我必须为工业化时代的多元文明重建提供方法论上的体系。这是第三卷《文上宫学》所要完成的任务。自从工业革命之后，人类历史进入了一个新纪元，已经逐渐替代了农耕文明。而这种替代却是工业化下的世界商品经济秩序的同一化趋势。所以，要重建多元文明，不仅要面对农耕文明的转折，还要面对商品经济秩序下同一化的生存方式的重新设计问题。在工业化时代的文明重建过程中，我们无法逐一重建各区域及各国度的多元文明，所能做的是提供一个构建文明最高统领形而上体系的心法体系（区域文明的意识形态体系构建逻辑）和区域文明次第构建的方法论体系。《情本论》是塑造构建不同文明的人文哲学体系的心法体系。

多元化的前提要有一个客观公正的而且要超越高于意识形态的道统，并在道统理论之下构建和平共处的秩序，这种秩序，就是我们说的：华夏文明是礼乐文明，礼乐秩序。礼乐框架就如桌面，可以安放不同的器物，而要使得所有器物都符合天人合一的和谐审美要求，那么这个道统理论体系就起到了决定性的作用，这也是儒家道统体系的独特之处。

人文意义上的“创世”，无疑是建立在一种文明体系的语境基础之上的。一个“文明系统”也就是一个认识论上的“一个世界”。一个能重建或者构建一个区域文明模式及系统的理论，在一定意义上说，这是站在人文之上的角度去建立多元秩序的，本书正因此而立名为《文上宫学》。

以一已之力实难以梳理整套“国家道统体系”，吾仅以绵薄浅学之思而成此书。希望能为“护道”之士达成新时代“道统构建”的共识和构建思路上提供个人参考意见。也梳理了道统及多元文明国家秩序的构建逻辑及节点等，诸多不足，请见谅。

——工赋　2016 年 6 月 14 日

# 目　录

## 第一卷　国家人文信仰框架——无冕之神



## 第二卷　重构节点——三道同易

## 第三卷　文上宫学

# 第一卷　国家人文信仰框架
## ——无冕之神

# 第一章 行为的一致性系统心理依据

直到今天，我们并不知道我们来自何方，又去往何处。智者对世界观的假设都是探索精神所致，而探索却是追求真知的过程。人类在不自觉中形成了文明系统，文明系统又是随着“信仰”的一致性体系与时流变。无论是西方的神权基因下的信仰体系和文艺复兴以来的意识形态更迭；还是东方（中国）儒家人文信仰体系道统客观性的可延续性系统，都是为了解决集群与个人在生产与生活方面、政治与社会人文关系上的理论一致性系统问题。这种一致性系统体现在单体的个人身上，就是作为群居中个体人的“行为的一致性系统心理依据”。不管是宗教信仰还是道德伦理、自由意志、个人主义，或者是信念、目标等，都能为人在生命过程中的活动及意义提供相应的心理依据。当这种心理依据能够保持体系一致的时候，我们就可以说他是拥有信仰的人。这种一致性体系的构建差别就是各宗教及人文体系的差别。

作为个体的“行为的一致性系统心理依据”体系，有着不同的层级。在这不同层级的一致性系统的人文构建历史中，西方文明从文艺复兴开始打破神权而提倡人文性以来，试图在“人文”层面构建能替代神性统领的自我救赎途径。经过数百年的理论探索，最终在唯物主义为基础之上形成了工业革命之后的科学理性主义的世界性普世大趋势。尽管该世界观性的世界普世过程是通过全球化和市场机制的运营来实现的，我们却在商业文明的碎片意识形态中混淆而迷茫，这种由商业文明多元随意性意识形态的传播、灌输和个人主义结合之后，形成了世界性的人文秩序冲突。我们在市场机制里不断被商业文化左右着生活方式，甚至被该机制裹挟前行，而自我救赎的途径却依然如“哈姆雷特”式的不得不面对“死亡之死”。我们堕入了不可救赎的人文怪圈，好似被神灵抛弃的孩子。“启蒙运动”更加强化了个人意志的独立精神，在现在看来，独立精神于今天而言，已经成了人类灵魂上的灾难。终极坚强是种天赋和经历，极少数的坚强者能直面终极死亡，而普罗大众的脆弱灵魂却无法获得救赎。即使如此，对于极度坚强者而言，终极的也不是获得救赎，而是极度的痛苦。我们在独立中孤独无依，可以断言，这是文艺复兴以来人文主义运动的终点。宗教也不能在这唯物现实主义世界中承担起救世的重担，也不可能重蹈覆辙，重新确立宗教的政治统领地位。在人文理性主义的社会机制运行时期，我们共同见证了“众神卸甲”。诗歌、艺术、工作、人生哲学、宗教、政治制度等，都不能称之为一个国家的完善信仰体系。纵向的国家人文框架层面而言，一个完善的国家信仰体系应该涵盖个人心性救赎体系、伦理体系、集群风俗体系、祭祀体系、雅颂人文体系、国家道统，并且保证所有体系的兼容一致性。西方文明的神性道统于神权的败亡中隐退，从而走向了国家政治体制和意识形态替代国家道统的人文主义历史（始于柏拉图、亚里士多德的思想基因）；而中国文明所传承的客观性道统（天人合一），也在近代西方文明东渐的历史洪流中被消解。我们也走向了试图用政治体制和意识形态作为国家道统的历史时期。在唯物主义为世界观的大背景下，政治体制作为运行框架，意识形态作为国家人文统领，市场机制形成国家生产关系，毫无疑问，我们在西学东渐的过程中也卷入了人文主义运动的“独立意志”时代。这种把国家救赎责任交给“个人自我救赎”的市场自由过程中，我们对国家只承担了创造税收和市场流通的角色，国家意识形态也只是作为国家生产的一个理论性指导体系而已。也就是说，意识形态的功能是为政治体制服务的。在这个时代，我们上演了一场为生产和流通而活的现代版原始生存场景。那么，自我救赎的可能性存在吗？西方历史证明，不存在，我们无法自我面对终极救赎；甚至无法在群居生存中获得安宁。个人心性修持体系经不住群居关系的考验；传统伦理秩序也在独立意志中破坏；集群风俗已经被流行文化替代；祭祀仅剩下仪式感的空壳；国家已经抛弃道统而走向了实用主义强国之路。国家信仰的一致性早已打破，我们在生产中遥望远去的“理想国”。不要忽略，群体救赎也是国家秩序的重要一极。国民心性、伦理体系、社会角色可以构建国民的生活方式；而区域集群风俗体系却可以构建区域生存方式（也就是区域文明体系）；祭祀体系、国家道统却可以构建国民的国家政治性和国家区域文明共性。

立于此时的社会结构当中，我们似乎拥有了信仰自由的权利。其实不然，我们所以为的自由信仰选择，只是拥有了作为国家信仰系统中的残缺一角。诗歌、艺术等文艺救赎不能解决自我心灵之外的问题；哲学流派的修持解决不了阵营之间的一致性秩序；宗教信仰却无法介入当下风俗体系和生产关系中生成救赎意义，宗教信仰也并不是国家信仰的全部，它总会在适当的时候充当国民心性救赎的角色，并会在社会全系结构中形成格格不入的价值观冲突。这就是当下信仰自由的残缺性。我们在残缺性中走向流亡，不但不能如常所愿，还在人文冲突中更加迷茫不安。人生观和价值观在生活现实中扭曲流变，我们已经无法走在实现的路上，而是在追问的路上妖艳不已。文学艺术等创作的个体性救赎倾向，恰恰违背了群居文明构建原始精神，反而造成了人群的孤独纵深，并与群居精神背道而驰。古圣的救赎体系却在以资本力为驱动下的市场经济体制流动性中失去了“文而化之”的机会和土壤。越救赎越媚俗，思考与创新只是给了一个未知的希望，却经不起时间的考验，流行与流变诠释了一切失去道统的意识形态都是历史过客，甚至还构不成历史。

与纵向国家人文框架所对应的，是“行为的一致性系统心理依据”体系在国家社会结构中的横向体现。在社会结构中，第一个层次是社会群居最小单元个体的“行为的一致性系统心理依据”，称之为国民心性；第二个层次是血缘氏族关系中的“行为的一致性系统心理依据”，称之为伦理秩序；第三个层次是社会生产中的“行为的一致性系统心理依据”，称之为社会秩序；第四个层次是区域集群中的“行为的一致性系统心理依据”，称之为区域风俗文明；第五个层次是国家机器所构建的“行为的一致性系统心理依据”，称之为国家道统。

国民心性既有独立意义层面（既有独立意志层面，也有人的天赋精神层面），又是五个层次的叠加结果。第一个层次被第二个层次叠加就会形成“伦理体系”的认知准则；被第三个层次叠加从而形成社会角色的秩序认知；被第四个层次叠加就会形成一个立体的群居信仰系统，这是群居人文上升为文明的阶段，也是社会意义上的人文体系构建成型的规模基础。这里出现了群居的人文公共空间、人文意义上的“行为的一致性系统心理依据”、集群式的生产关系、演化的生活方式、以血亲家庭为单位的社会伦理体系、风俗等。被第五个层次叠加后是在第四个层次叠加的基础上升级为国家属性，既有前四个层面叠加后的内容，又有其附加的另外几个层面的意义：一是由区域集群自治到国家意志的附加，国家意志的附加使得区域集群自治的风俗体系被国家意志的礼制体系所凌驾；二是区域集群“行为的一致性系统心理依据”的公共空间扩张，从血缘生发以氏族为群体单位上升为国家意志下的多血缘集群为单位的共盟空间，该空间的历史演化，中、西方都经历了国家意志的区域集群文明单元的“王化”教化驱逐过程。直到农业文明时代的结束，这种国家意志层面的叠加已经从氏族族群为单位下压到氏族内部的个人为单位了（甚至直接消解了氏族方式的存在意义，国家意志已然直接通达并强行叠加至没有任何独立空间可以缓冲的个人“行为的一致性系统心理依据”的构建中）；三是区域集群生产和生活方式决定的图腾信仰形式被国家意志共盟信仰体系所凌驾，这种凌驾使得个人的“行为的一致性系统心理依据”从氏族图腾的区域独特化上升到更加公允开明的“天地”为本体的客观性态度的道路上，虽然中、西方对于“天地”本体的演化体系有别，但是这个方向是一致的。

第二个层次既有独立层面意义，也有后三个层面的叠加意义。独立层面是生产方式决定的，而叠加后的状态是后三个层次叠加构成的“生产关系”总和；第三个层面叠加第二个层面之后，成了国家概念中以家为单位协作生产的区域集群最小单元，虽然这种协作不是为某一个相同的生产目标，而是为了以家为概念的共同构建生存方式中的分工协作，“家”是人类群居当中的最小单元；与第四个层次叠加是社会化生产的区域集群，在第四个层次中，已经形成了立体的生存方式和集群秩序；而与第五个层次共同叠加促进国家疆域概念，赋予了个人的国民属性（政治性）。相对于区域集群文明体系而言，国家意志的礼制体系会形成其凌驾梯次的生产关系：集群治理的生产关系中，其凌驾于生活劳动之外义务劳动的提供者，是从家单位和个人单位为基础开始的，而国家意志中的生产关系却是在凌驾于区域集群单位基础上形成的生产关系。同理，农业文明时代的结束，这种国家意志层面的叠加已经从区域集群为单位下压到集群内部的个人为单位了（甚至直接消解了区域族群方式的存在意义，国家意志已然直接通达并强行叠加至没有任何独立空间可以缓冲的个人“行为的一致性系统心理依据”的构建中），这是当代市场机制和税收制度完成的下压体系，我们在市场商业流通中完成了国家义务劳动的提供过程——税负。

在这个时代，第二个层次的外延血脉关系已经逐渐消解，甚至连“家”的概念也在时代徘徊中不知何往，婚姻观念的突变，动摇了“家”概念的基本单元，更动摇了血亲的氏族关系的根基，致使区域集群文明的区域性逐渐消解模糊，更因国家意志层面的空间下压，直接通达个人“行为的一致性系统心理依据”叠加的彻底性演变，是王权礼制崩溃后立宪时代的新课题。这个课题是建立在世界文明同质化和对弱势文明的驱逐性趋势为背景下的。这也是启蒙运动以来独立意志的结果。在西方文明进程中，美国展现了一个看似多元文明共存的联邦格局。这种现象源于其立国的历史原因——并没有集权专制的历史背景。然而，当美国自诩为多元文化共存的开明格局之时，历史却在逐渐证明着资本主义文明对弱势文化的驱逐大势。纳尔逊·洛克菲勒曾经说：“在纽约资助文化就是搞政治。”洛克菲勒于 1958 年当选纽约州州长，1960 年首创了“纽约州艺术委员会”，造成了“去中心化”的运动，由于大多数州的效仿从而改变了美国公共文化资助的格局。这种明显带有文艺复兴脉络的以艺术方式实现独立意志启蒙的政治意图，无疑是为了便于美国式民主选举的民意通达。若各州的区域文明差异仅仅表现在艺术形式的多元性和生活方式的多元性上，这还构不成“文明”的多元体系。艺术的审美理念最大限度的只能在国民心性层面形成文化作用，而在生活方式上的历史延续也只是生活习惯的传承影响，并也在全球化的今天逐渐消解。就是说，这两者并不是文明的全部，它并不能证明多元文明的共存事实。

第四个层次的消解对中国而言，始于秦汉时期。秦朝郡县制度的设立就已经开始打破了氏族区域性行政的保护体系，汉朝以后又开始了儒家文明的“王化”对区域族群的风俗及“行为的一致性系统心理依据”的构建介入，甚至开始介入到了“家”单元和前四个层次的体系构建中，也就是说，第五个层次已经拥有了对前四个层次重塑的相对控制力。自汉朝以来：一是王权礼制人文凌驾于区域族群人文并试图逐渐王化的意图未曾改变过；二是王权礼制人文与区域族群人文并存的礼、俗分野的状态；三是“风”的民俗化和“雅”的阶级等级化的礼制体系的强化过程状态。这三个状态的保持，是因为农业文明的生产关系特点决定的。也就是说，王权的礼制体系并不能使得前面四个层次彻底失去空间，是一种集权行政体系对区域族群文明的逐渐紧逼过程。国家意志人文的叠加并未如愿以偿地让区域族群文明彻底消失，而是以风俗的形式避居一隅。这种状态，直到改革开放之后才逐渐被市场经济机制所驱逐消解。数十年前的区域族群文明依然灿若繁星，而今天却只能是以旅游景点的方式重温旧梦。中国的皇权文明对区域族群文明的驱逐也仅仅停留在国民政治属性的叠加，而并未驱逐其生活方式和生存方式。

第四个层次在市场经济体制运行国家之内也正在逐渐消解。第五个层次作为国家意志文明的形式也在资本主义及西方意识形态的驱逐下经历着消解过程。看似是文明更替和科技带来的文化冲突，实则是国家霸权主义文化的和平演变。超越于第五个层次国家意志层面的世界秩序——第六个层次，很明显于今天资本主义文明模式下的霸权主义所引导，那么，第五个层次的国家意志意义也就不存在了。以市场机制所构建的世界秩序和全球化理论体系，无一不是为资本开道的。于世界而言，全球化的必然趋势已成格局。这种必然，若是以一种文明取代所有文明形式，那就走入了一个意识形态层面构建的单元文明窠臼，也是误读“大同”而失去经纬度的单一文明形式的深渊。

每个层次系统的一致性是获得安乐和谐的唯一途径。第六个层次没有得到一致性就会导致国家与国家之间的文明冲突；第五个层次没得到一致性就会导致国家机器运行不畅，并且会形成崩塌效应。当第五个层次系统的一致性被打破之后，会形成前四个层次的逐层崩塌。第五个层次的崩塌首先会失去对第四个层次的叠加效应，从而依次对第三、第二、第一个层次失去叠加效应。同时，每一个承上的层次都会对下切的层次进行崩塌效应的叠加。由于第五个层次的内涵在立宪政治体系构建中是以意识形态为统领而构建的国家机制，该机制中包括形而上体系和法律体系、行政体系、经济体制等结构，都会随着“一致性系统”的不健全（或者不是一致性的系统）和崩塌而出现国家机制的运行不畅，甚至国家性的“信仰缺失”。这种状况也可以用老子的话来逆解读：“天不得一则天不清；地不得一则地不宁；神不得一则神不灵；谷不得一则谷不盈；万物不得一则不生；国家不得一则不正。”每个层次的叠加秩序失去一致性的时候，也会出现承上和下切层次的相互冲突，当所有叠加都失去一致性的时候，也是文明重建的时刻。在中国历史上，这种由道统统领而构建的五个层次系统的一致性体系被分为“天下大治”的三种境界：帝道、王道、霸道。也就是说，霸道是打破五个层次系统一致性的极限，于系统之内如果突破了自身系统的一致性也会丧失帝位，于系统之外而打破了该系统的一致性也会失去“民心”的向心力。正因为帝道水平的国家首领太难得，所以国家治理的体系越来越趋向于制度化和法制化，由垂拱而治的帝道向礼乐教化的王道退化，再到依靠武力和法律治理维系的霸道法制。

在这里，我们进行一种假设：既然全球化的趋势是必然的，那么有什么一种人文方式可以停留在第五个层面对前四个层面的叠加状态，而不是彻底覆盖状态呢？王权礼制的消退和立宪政治制度的开始，虽然使得第五个层次的叠加可以直接越过中间三个层次而直达第一个层次，那也只是一种行政覆盖的思维误会。我们可以保存中间三个层次的完整性和第一个层次的独立性，而且要使国家道统和五个层次完整统一起来。这个完整统一的体系就是第五个层次所要解决的问题。立于当今之世，我们所幸的是看到了世界融合的开端，不幸的是并没看到大同的希望。于此文，望借助中国文明中的礼乐框架精神与道统观，给世界一个“和而不同”多元文明共存并且可以不断生发的文明重建途径。第五个层次对前四个层次的叠加主要是通过教育和宣传，以及社会制度模式、法律体系、经济体系设置途径等实现的；第四个层次对前三个层次的叠加主要是通过风俗体系途径和生产方式等综合塑造区域生存方式实现的（尽管今天区域风俗已经逐渐消解，但是仍然有习惯性的影响力），第三个层次是通过生产方式中的身份途径实现的，也是作为国家公民之外的另一重经济角色身份承受了叠加（职业叠加，也是企业或团体文化叠加）。第二个层次的叠加是家族概念的文化叠加，如今已经基本下压到父母身上而失去了家族文化传承的血脉基因，大多数情况更依赖教育体系来完成第五个层次的叠加效应，这是中国传统伦理体系被打破之后并未重建的结果。由此而知，文艺复兴以来的人文主义运动及启蒙运动等西方哲学史试图于人的“独立意志”下构建个人自我救赎体系的愿望已经证明是失败的。自我救赎体系的实现仅仅在自由心性层面上获得个体的一致性体系，而社会角色、伦理、政治属性等部分才是人获得群体救赎的根本，获得救赎的主要情绪源自于群居关系的秩序、生存方式的秩序、政治秩序，个体的自我救赎并不能解决心性之外的边际问题。自我救赎本就与人类群居文明意旨背道而驰，试图用政治框架和民主制度解决个人心性之外的人文秩序也是失败的，因为制度只是框架，而不能替代国家道统的人文意义。这也是西方文明模式中运用“意识形态”替代国家道统的根本之处。

一种信仰理论体系的建立，由世界观（非宗教的信仰体系对创世抱有求证和未知的态度，也属于概念上的一种创世说——即默认存在，虽然不确定是何种形式）、人生观（形而上的理论体系）、价值观（心性体系）、方法论（修为体系）构成。当该理论体系成为组织化，需要设置其礼、乐框架体系（形而下的中道组织框架及仪式，如音乐、服装、祭祀方式等），如果与国家意志捆绑，甚至还要设置其风俗教化体系（形而下的器道框架及生活方式，民间祭祀等）。在信仰的定义中，很明白这两个字的心法意义。信之则可以保持体系的一致性，仰之则能进行自我的心理暗示，以保证体系的执行力度。由此可知，任何一种信仰体系，作为个人而言，被救赎的前提就是要保持“心理依据系统化的一致性”。但是，历史往往会告诉我们，任何体系在历史进程中都会出现阶段性的“失去信仰效应”。这种失效有政治、经济、科技等的进步因素，也因为不同体系之间的冲突导致。所以，为了迎合时代的变迁，基督教曾发生了新教的演变，佛教的演变和经书的补充也很频繁。在这里，其实提出了另外一个概念，就是在人们失去系统的一致性的时候，人们是处在什么状态中？这一状态之命题就是：非宗教系统之外的系统。这种系统在中国尤其明显，因为中国多教并存。在生活层面，经常性的系统混淆。从儒、释、道长期并存的历史现实来看，虽然有儒、释、道体系的相互兼容性，但是这种兼容不是因为佛、道两教的一致性体系没有“一致性的边际约束”，而是因为儒家的承载特性（下文再详细说），在长期的冲突中兼容，迫使佛、道两教的体系向儒家汇融（也包括儒家的义理发展）。在政教合一的国度里，也同样存在这一命题，甚至更加隐蔽，这种隐蔽的体系不是宗教，它是人类传承的人文自觉；是人类文明积淀的人文习惯。这种人文自觉的构成很复杂。在一种体系的“一致性”遭到破坏的时候，人们的心理依据依然存在。这种“心理依据”就会以“碎片化”的方式存在。碎片化“心理依据”的存在就会失去我们所说“信仰”的系统一致性，在捋不清系统的一致性的情况下，人们往往就会倾向于“无一致性原则”的实用理论依据的碎片，从而导致人们“行为之心理依据”被“实用主义”左右。这就是中国古圣常说的“乱世”，所隐之“恶”突破了“隐”的临界，跃上了善的对决面。所以说，保证“心理依据体系”的一致性才能称之为“信仰”。从中国的历史来看，为什么每次经历“乱世”之后都会得到大治——信仰重新被“一致性”建立起来。是什么力量能够让人们从碎片化心理依据的“乱世”之中形成群体共识的觉醒？我们称这股力量为“中正之力”，正是这个“中正之力”于每次“乱世”之时把群体系统心理依据扭转至“中正”的状态。这就是一个被隐蔽存在的体系所赋予的力量——隐蔽存在的礼、乐框架精神体系（下篇详细论述）。表象上看，被一个群体遵循的一致性体系称之为信仰之“教、派”。其实，这只能是对显像信仰体系的表述，或者说是对宗教信仰的表述。那个隐蔽在人文生活面的“一致性的系统心理依据”体系却未加定义。这就是“未冕之神”隐蔽而真实的存在。在宗教失去救赎解释的时候及历代“人文道统”崩溃的时代，都是这个“未冕之神”承担起了人类救赎的作用。儒家，正是以此为根基而进化的人文“一致性的系统心理依据”。儒家由于这种进化，虽然根基于此，却是超脱于此根基的显性人文。正因为此，儒家同时具备了宗教的救赎精神。儒家具有的这种双重性属性是绝无仅有的。但是，仅仅一个形而上的理论体系是不足以完成人文意义的使命，一是因为儒家的“一致性的系统心理依据”体系的构建是围绕“天道与人文对接后的‘元道’”（后面阐述）为主干而生发的形而上体系，“元道”的客观性精神却在《易经》里一直被传承着，并为此构建了《易传》体系。这也是儒家与道家在华夏文明历史地位上的角逐胜出的原因之一。二是因为在儒家与道家的角逐中，其实质是一个附庸地位角色的角逐，因为真正主宰华夏文明一贯性的主干人文是“元道”以来的“礼、乐框架”文化。道家也曾有过附庸国家“礼、乐”体系框架，却在最终的角逐中于汉代一锤定音。这与儒、道的五个层次的一致性体系构建空间的差异有关系。

一种哲学理论体系与不同层次形成关联会出现不同层次的作用。停留在学术思想的文字传播层面，那还是第一个层次的个人心性层面的救赎作用；与伦理体系形成关联，会成为生活方式的风俗文明基础；与生产体系形成关联，会成为生存方式的风俗文明体系；与区域集群形成关联，会形成区域族群完整文明的系统框架；与国家体系形成关联，会形成国家完整文明系统。就宗教而言，至少要与第二个层面形成体系关联，才能形成宗教机制；而民族文明差异的根源是起始于第三个层面的差异，决定于第四个层面的系统差异；当然，国家文明自然是第五个层面系统的差异了。

# 第二章　大同之器——礼、乐系统的框架承载精神

人文的本源都是来自于对天地自然规律的总结，从而逐渐形成与此规律相适应的人文状态。这种状态主要由两部分构成，一是生存方式的状态改良（文明的生存面），二是根据生存方式改良所得之后的祭祀体系（文明的人文面）。人文的祭祀基因，也就是文明的人文面，一直隐蔽的存在于后世的人文之中，这是群居人文体系的终极意义。即使“礼崩乐坏”和丧失信仰的时代，该基因意旨都一直隐蔽的存在于人们的生活当中。文明的人文面“心理依据”体系的发展也是跟随人类文明生活面的发展与时间积累而成，是个不断进化的过程。最远古的人文演进我们无法还原，可以相对判断一个事实，就是人类文明起始于人类的群居。这种群居的生存方式伴随着生产力的不断发展，从而促进了社会结构雏形的形成。有了群居之后所演进的结构次第关系，是文明生存面成形的基石；而对死亡的终极思考所形成的祭祀意识及习惯，是人文的终极意义救赎渴望的潜意识形成基石。最早的祭祀可以判断不是祭祀天地神灵，而是有意识人类对死亡的哀思。无疑，祭祀的原点不是敬畏天地未知，而是对死亡的恐惧和美好生活的向往之情，而由此产生的救赎情绪才是祭祀活动的来源动力，这种动力早已经深植于人类潜意识之中。一开始，个人对死者的祭祀活动发展到集体祭祀活动，是祭祀活动的第一阶段的飞跃。由于劳动生产的集体配合所产生的对天地规律的探索和祈祷是集体祭祀的升级。由于集体的参与，使得祭祀活动拥有了集体仪式和集体情绪基础，从而构成了集体意识形态的基本雏形。集体意识形态的形成才是集体生产所需要的文明形式产生的基础（由于集体生产，而开始了有意识的思考天地规律）。有了这个基础，人类文明基本完成了中国古

圣所说的“天道”与人文的对接。人类从此，真正意义上的迈上了对这个世界的想象与探索，演变与求证的文明大道，完成了人文体系对群体的救赎功能意义。

群居生活的稳固和发展，促进了人类社会结构的发展。社会结构的清晰化是伦理文明的基础。同时因为群居集体祭祀的发展和人类文明意识的觉醒赋予了祭祀活动更加丰富的意义。群体自觉把哀思死亡、祈祷天时、精神救赎、想象的神话等等一起丰富到了祭祀活动的体系当中去了。这就形成了以族群的图腾信仰体系。图腾信仰体系的形成根植于群居生活的生存方式，也是后来民俗文化的本源。图腾体系祭祀活动的原始仪式和乐舞，生发了两条文明脉络，一是被生活化的风俗文明，二是被人文化升级的礼乐文明。人类的历史是朝着不断扩大群居人群的趋势前进的，在不同族群被“统一”之后，由于族群的图腾差异而提出了一个大命题。这就是被整编之后的大集体群居下的祭祀活动该怎么构建体系。于是，在该命题之下，华夏掀开了一个近乎永恒的人文体系的构建历程。这种多族群共享祭祀的共同需求被提升为“礼”的框架体系，开始了“统一而多元”的多民族文明共存体系的构建。可见，“礼”文化的产生，是伴随群居社会的升级应时而生的。同时具备了“求同存异”的原始精神，也是中国古代社会结构的上层建筑构建的根本依据和起源。中国，能够一直保持多民族“图腾信仰”共存的多元化文明，有赖于“尊俗同礼”的上层建筑的构建。这也使得中国的“礼乐”文明有别于其他民族国家的根本所在。因为这种上层建筑层面的“礼”文化凌驾于一切宗教及图腾之上，凌驾于任何意识形态之上，而归附与“天道人文”的祭祀原点的精神。这是中国特有的现象。这种现象丰富和生发了“礼乐”文明的体系成型。他成了华夏文明的人文新原点。随着周朝《周礼》的完善，礼乐文化已经是一个“一致性的系统心理依据”的完美载体。这种载体的属性，被“图腾巫术信仰”所生发的另一个文脉系统——“宗教”应用。因为这时候的礼乐文化已经可以承载任何一种“一致性的系统心理依据”的体系。只要沿用礼乐载体的框架精神，根据该体系的义理而调整，就能为该体系服务（可以包括商业应用）。这也是中国一直没有真正意义上政教合一统治历史的原因。当然，最大的原因是儒家体系对礼乐文化的依附有着驱逐宗教入驻上层建筑之礼乐框架的人文功能属性。到了这个阶段，“礼”文化的意义，已经生发了排序万物之位的功能性。这种功能性，是天、地、人的关系确认；也是人与人、人与物、人与天地关系的确认；还是人文层面的“一致性的系统心理依据”体系构建的框架依据。这种进步，把最本初的“礼乐”框架文化反而隐蔽了起来。我们所能看到的，却是“一致性的系统心理依据”体系应用之后的显像“礼乐”文化。这也是当今提到“礼乐”就认为是封建文化的根本原因。被隐蔽起来的“礼乐”文化精神之教化作用，让我们身处其中而不自知。任何一个国家、民族，都在其教化中生存着。原始礼乐框架文化体系源自于对天地规律总结的客观态度，尽管人类文明的进程把它隐蔽的存在于显性信仰体系之内，终究会在显性信仰体系崩塌之后起到无形的纠正作用，这也是上一章中所说的“纠正之力”。

唯一不同的是，正如上面所说，由于儒家的依附，从而保持了中国礼乐文化的原始性精神。而其他国家大多数却经历了宗教“一致性的系统心理依据”体系应用洗礼之后的唯一性和排他性。礼、乐并提，一开始是祭祀精神与祭祀活动的结合需要而产生的孪生文化。到了“尊俗同礼”的应用阶段之后，“乐”文化被升华到了“礼别异，乐合同”的新境界。礼、乐就像天平的两头，起着平衡人文“中度”的巨大作用。儒家代表人物之一——荀子曾说：“礼胜则离，乐胜则流。”就是说，要保持“尊俗同礼，求同存异”的和谐状态，仅仅依靠“礼”的排序功能则会向破坏群居目标的和谐化倾斜，要是仅仅依靠“乐”的合同（共同情绪的营造）则会导致“礼”的排序功能紊乱和共同情绪泛滥。

如上面所说，由于中国礼乐文化的特殊性，今天我们所能分解的礼乐文化是多次第的系统文化。最高层的礼乐次第，一直隐蔽在“尊俗同礼”上层建筑的构建框架之上（非神、非天的原始救赎愿望——仅仅是对未知之力的救赎期待）。在中国历史进化中，儒家一直为上层建筑之下丰富并完善着礼乐框架体系。礼乐精神的演进，于上层建筑之下完成了皇权的捆绑，从而完成了礼乐原始精神的隐蔽过程。也完成了“天道”代言的替换过程。在这个历史分野中，礼乐文化的应用，已经深入到了人文生活面的教化层面。也就是儒家荀子提出的“一致性的系统心理依据”体系的教化目标——化性起伪。在被隐蔽的礼乐文化精神上，我们可以看到华夏文明的客观性的人文精神基因——天道的原始性为基点而生发延续。这也是儒家“人文理性”客观性的重要根源。礼乐文化的隐蔽性，更大的原因是他的序位功能。被人文化了的序位功能由于权力的应用而分出了两个支脉：一是皇权，二是宗教。从历代皇位继承上看来，不管继承皇位的皇帝是年幼还是懦弱或者贤能，总是能被尊于权力的金字塔尖。表面上看起来是皇权的威力，其实是礼乐文化的尊位功能所致。在礼乐文化应用中，通过次第序位的设置和与之匹配的“乐”体系相辅，就可以构建一个稳固而具有巨大暗示力量的卡里斯玛效应①的框架结构。结构里的人是因为其所处位置（礼的序位）而获得相应的卡里斯玛效应。从这里可以看出，中国从夏代之后，出现了一个逆势大转变。尧禅让精神是因为拥有了卡里斯玛效应之后而得到帝位传承之合法性的。但是在夏代之后，由于世袭制的诞生，经过夏、商两代的逐渐成熟，从而完成了“皇权礼乐”框架构建的基础，到周代的时候，已经成熟地逆转了帝位与卡里斯玛效应的先后关系，这是人文历史的重大转折；是礼乐框架体系的尊位功能与卡里斯玛原则发生了根本性的历史反置；是礼乐框架功能应用之后的卡里斯玛原则与礼乐框架体系发生的“悖论”现象。这次逆转并未得到人文理论层面的合法论证基础，中国汉朝董仲舒的“天人三策”开启了合法化的时代，到此，中国已经成功地完成了人帝代天的真正缔约。结合上层建筑，礼乐文化由上而下地延伸到了人文生活面的重建（王化意旨）。

礼乐文化的框架承载精神并不是人文文明的全部，但是，没有完整的礼乐体系框架，国家意志人文的神性道统的“行为的一致性系统心理依据”就不能被承载。那么，一个完整的礼乐框架体系应该包括哪些内容呢？具体地说，礼乐框架是人文载体和工具，他一直隐蔽的存在于群

① 卡里斯玛（Christmas）是德国社会学家韦伯从早期基督教观念中引入政治社会学的一个概念。韦伯认为卡里斯玛是这样一类人的人格特征：他们具有超自然、超人的力量或品质，具有把一些人吸引在其周围成为追随者、信徒的能力，后者以赤诚的态度看待这些领袖人物。

居人文文明之中。对于要构建第五个层次的“行为的一致性系统心理依据”而言，其体系是由“礼”体系和“乐”体系、国家道统体系、国家政治体制四大块构成，“礼”依次为祭祀体系、礼法体系、器道体系（服饰、音乐、仪式、建筑、器皿等）、区域风俗介入体系、伦理介入体系。祭祀体系和行政体系在西方是以神权基因和皇权的一体化（政教一体基因）形式演变——政治体制和宗教祭祀、风俗祭祀分离，在中国却是以皇权信仰基因的形式直接演变的。“乐”系统是由人文附庸体系所构建的风、雅、颂三方面构成，既保证区域文明的独立性，又涵盖国家道统对区域风俗介入意图，这是“风”的区域性自由和个体文化诉求的自由，可以体现为流行文化和商业文化；“雅”体系是拥有集群意志和国家意志活动时所应拥有的“中庸”之“乐”；“颂”是立于国家意志层面的公共祭祀的“乐”体系，也包括对国家层面的颂扬体系。“雅、颂”体系的确立，区域之“风”不范而自正。

国家道统的构建是个系统工程，一是对天道（世界观的客观态度）的确立；二是形而上体系的确立；三是心性体系（价值观）的确立；四是方法论（修为方法体系）的确立。该体系还要根据“礼、乐”框架体系构建相一致的系统人文及文本。系统的一致性设置，后面会以儒家为范本来进行阐述。礼乐框架承载精神只是一个人文文明的承载工具。突破口不在礼乐框架本身，而在与之捆绑的人文附庸体系。重复梳理礼乐框架体系的目的在于重构与这个时代相合的人文系统。确立礼乐框架承载的功能性是试图突破神权宗教信仰的西方人文基因和皇权信仰的中国人文基因而确立一种没有“权位”的“神”和“皇”的神性信仰，这种信仰体系的精神是回归到信仰的本质精神上去——对天地的敬畏和对未知的探索本质、群居安乐的人文本质。这是一个有着“无冕之神”的神性信仰体系。

# 第三章　意识形态的僭越

国家道统和其最高原点——天道观，与当下的“形而上学”意义上的“意识形态”和世界观是什么差别呢?

“意识形态”这个词，中国在民国之前都不叫意识形态，而叫道统。中国道统的“天人合一”精神是我们保持“元道”客观性世界观的基因。

民国之前，中国的朝代更替都不会对道统进行根本性的变更，历朝历代的文化变更也只是停留在易服饰、更礼乐、移风易俗的层面上。即使儒家体系不断演变，也只是停留在心性体系上的深化和完善与补充的角度上，从未动摇过“天人合一”的客观性“天道”。

托拉西创制了“意识形态”这一概念：“试图为一切观念的产生提供一个真正科学的哲学基础。”再看马克思对意识形态的定义：“可以被理解为一种具有理解性的想象、一种观看事物的方法（比如世界观），存在于共识与一些哲学趋势中，或者是指由社会中的统治阶级对所有社会成员提出的一组观念。”从托拉西的定义中我们可以看出“提供一个真正科学的哲学基础”是指人文思潮的演变，也就是人（思想家或哲学）的主观基因为背景所提出的概念，而马克思的定义却把这种个人意识下产生的个人主观观念与国家政权衔接起来，这就造成了近代以来的“意识形态”僭越道统的理论基础。

意识形态对道统的僭越，在中国有三个历史阶段，第一个阶段是夏朝开始的卡里斯玛原则与礼乐框架体系的反置阶段；第二个阶段是汉朝开始的儒家体系入驻礼乐框架的附庸体系阶段；第三个阶段是近代的意识形态入驻礼乐框架的附庸体系。第一个阶段是皇权的权力意志对天道的僭越。第二个阶段是皇权作为国家意志的“行为的一致性系统心理依据”的第五个层次而系统地僭越了道统，第二个阶段开始了与柏拉图《理想国》中的“高贵谎言”（the noble lie）的思想类似却不同的僭越。类似在于，其开始了第五个层次的国家层面的系统化的“隐恶扬善”和权力意志下的“王化意旨”的人文驯化，不同在于西方的政教一体的神权基因本质僭越了天道的客观性，而儒家却用《易经》保持了天人合一的天道客观性基因（后文中阐述）。第三个阶段的僭越是中国文明本身的历史性颠覆，这种颠覆的理论依据却是源自于西方用意识形态的个人意志和政治体制普世化去替代道统的“天人合一”精神。以此看来，这不是历史的进步，而是被西方文艺复兴以来数百年没有出路的人文运动和工业革命所裹挟。不可否认，人文运动带给人类的重要意义在于：突破了西方的神权宗教信仰束缚和中国的皇权信仰束缚，让人类走向了民主之路和完成了独立精神的启蒙。但是，并没有为人类找到更完美的“行为的一致性系统心理依据”。直至今天，仍然在哲学家和科学家的主观意志中进行着历史流变，这样的流变于当下形成了巨大的人文矛盾冲突，给人类带来了巨大的不安和疑惑。

我们尝试从另一个角度去看意识形态的僭越对历史的作用——世界四大文明，为何只有中国未曾中断？

翻阅古埃及、美索不达米亚、古印度三大文明的历史，都有一个共性——政教一体化，并且都是有明确宗教体系和创世说的。只有中国从来没有让宗教成为皇权（国家）礼乐框架体系的附庸体系（从未政教一体化）。由于这方面的历史资料和学术著作很多，我就不在此重复其历史来论证此结论。对天道的僭越是有两个前提条件的：一是意识形态的系统性（拥有“行为的一致性系统心理依据”完整体系）；二是该体系要成为第五个层次国家意志（政权）的礼乐框架体系的附庸体系。意识形态的僭越若是仅仅停留在前两个阶段，也不会导致文明的传承中断，导致文明中断的是第三个阶段——个人主张（个人哲学学术思想占据了天道的位置）。除中国之外的三大文明古国的宗教创世基因是文明传承中断的根本原因。儒家的天道由《易经》提纲挈领，而《易经》对世界观的阐述也只对天地规律的归纳和应用，并且下切至人文及伦理系统为人所用，这也只是一种人文化的客观态度，并未以一家之言而僭越未知的世界之始末，对世界观阐述的客观态度也是人文理性的基因。

为什么一旦当人为的假设创世或者个人哲学思想体系成为国家意志层次上的世界观的时候，会出现历史性的文明中断必然？也就是说，当所谓意识形态概念上的人为思想成为第五个层次的“行为的一致性系统心理依据”的“伪天道”，就出现国家意志层面的“伪天道”对族群的个人意识灌输。这种强行灌输和伪善的教化是权力统治的使然，与之相随的孪生者——反抗意识就会出现滋长（文明的纠正之力和探索求知精神）。三大文明的消失和后来希腊文明的演变，再到欧洲中世纪的黑暗时代与欧洲文艺复兴的人文主义运动数百年的历史过程中，我们可以看到西方文明的不断推翻再不断重建，再推翻，再重建的怪圈。看似西方文明史中思想巨匠灿若星河，都是在不断否定前者的“伪天道”的道路上流变前行。这种推翻和重建就是文明中断的体现。在三大文明古国和西方“伪天道”的历史演变中，对意识形态僭越的反抗，体现在以科学的实证探索研究去突破“伪天道”的创世说和个人意志思想体系的假设僭越，科学的精神力源自于对创世说的突破和理性主义边际的前提界定范围。在宗教神权与皇权捆绑的西方历史中，众多哲学家和科学家都牺牲在了教会的绞刑架下。科学求证天道的历史起源于宗教的天象学（天文学的前身）。在19世纪前，“科学家”这个词都未出现，以前的科学家都以哲学家命名学科，从这一点也能说明西方文明中的“哲学家”的使命源自于对“世界观”（哲学范畴）的认识突破上。当科学理性主义出现的时候，科学开始了从哲学体系中分离出来而成为了一个独立的系统——科学理性的意识形态体系。严格意义上来说，这场运动至今都未结束，因为至今仍无结果和定论。科学的理性精神作为一个系统而成为意识形态体系的时候，它也是僭越的。因为科学的求证精神只能是个过程，对“世界观”及宇宙的认识目前乃至以后很长一段时间里都会是处在摸索和假设的阶段，而不是真正的结论阶段。用科技进步的某个阶段去假设和解释世界的方式，仍然是“创世说”的方式演变而已，并没有达到认识世界的终极。但是，并不是否定科学理性主义的精神意义，而是说，它作为一个学科，应该有其独立的意识形态体系，只是任何意识形态的体系试图作为国家意志层次的礼乐框架体系的附庸体系都是对“天道”的僭越。没有捆绑国家礼乐框架体系，就形不成国家意识形态对个人意识的强制灌输和伪善教化的作用。“科学理性”称之为“科学理性主义”是客观性被政治性扭曲的语境。

正因东西方对“世界观”的解释态度不同而出现了文明的分化。西方把礼乐框架体系的最高尊位交给了“神”，然后创世，然后宗教化，世间法上的体现是宗教的最高位者拥有无上权力——神的代言者（如法老、教皇等）。这种宗教的国家政权体系化的方式使得西方文明中拥有了有别于中国的基因——科学精神。就国家信仰的概念而言，中西方的差别自公元3世纪（罗马帝国的十字军东征和中国汉朝的独尊儒术）前后出现了两种基因的分化扩张——西方的神权信仰（神权的权杖）基因，中国的皇权信仰（皇权的权杖）基因。尽管西方有过多神教和一神教的进化，还有文艺复兴以来人文主义运动的成果——基督教的演变成果（教皇与国家权力的分离，新教伦理体系的进化等）都离不开其神权基因的文明约束。西方文明直到今天，依然在人文主义独立意志精神与科学理性主义精神的双重纠结中探索着天道的本相，从宗教的灵魂禁锢中解放出来后却一直如游魂一般找不到一个终极归宿。这种状态已然成了世界性的状态，整个世界在西方资本主义精神裹挟下，已经逐渐进入了第三个“意识形态”僭越天道的阶段。

当一切哲学意义上的意识形态在历史实践中都已经失去了对第五个层次的救赎能力的时候，我们在逐渐习惯用科学的理性精神来解释世界。科学的理性精神是个理性的方法论问题，当作为国家礼乐框架体系附庸的时候，便出现了唯物主义与唯心主义的阵营。若站在国家意识形态的角度去看科学与唯物主义是个悖论。我们可以承认世界的唯物本质，否定宗教及创世说，但是，事实告诉我们，人类一直处在以理性精神的方法论试图去解释客观世界的过程中，而这个过程却是由不断演变进化的人文思想和科学发展阶段性的结论构成的，也就是说，人类文明的历史过程是由唯心（人文创世和科学假设）的理性探索过程构成的。用科学理性和唯物主义思想强行绑架国家礼乐框架体系，会扼杀过程中的人文救赎体系的意义。当世界的真相并未解开，人文精神的救赎体系与科学理性精神的探索方法论是需要并行的。也就是说，需要给前四个层次留有足够的人文救赎体系空间。中国从未篡改天道（除近代之外），所以得以文明延续，西方的政教一体是亚文化的开始，不但篡改了神系，也篡改了天道，篡改的天道就是人的意志，也就是所谓意识形态的演变。清教的进步也并没有建立独立意志的相应天道体系，虽然尝试交付于科学理性主义的探索，却反被理性主义裹挟。

作为中国历史天道的守护体系——儒家文明，孔子努力让皇权治理下的天下归于大同，而老子却是直接策划了一个没有过程的大同世界。柏拉图的城邦没有统治，不谈心性。有了统治就有了阶级，有了阶级就有了对立和不公平，那样才是所谓正义与非正义（国家意志层面）的谈论意义，没有统治和压迫就无需意识形态的僭越，《理想国》的终极归于体制模式。老子也许和柏拉图的理想国有意通之处，相对于我们而言，他们那个年代更能感受“无统”的记忆痕迹，经过几千年的人文驯化，思维的禁锢已经很难让人逾越人文观念的临界，自从意识形态僭越理性道统之后，我们不正是在所谓意识形态里流变千年么？儒家试图在卡里斯玛原则与礼乐框架精神反置之后重塑天道的客观精神，老子却越过这个反置过程而直接阐述了人文理性体系下的“世界观”体系，并与形而下的社会人文结构体系形成契合。儒家沿用了《易经》的世界观的客观精神，老子在《道德经》里所描述的“道”也保持了这种世界观的客观态度，并未直言创世说，而是阐述了“道”的生发状态，《易经》是归纳阐述了天道并与人文衔接的规律性体系。《道德经》把心性的讨论在第三十八章统概于德、仁、义、礼。心性体系的发展是权力对人性的教化结果，是谓伪性，老子主张“圣人处无为之事，行不言之教”（意识形态的国家意志干预）。同时，老子从另一个角度阐述“道”的生发状态及规律时，却确定了“天道”的神性，而不是神权创世。正因如此，中国传统文化才缺乏了科学探索精神，我们的文化基因中缺失探索人文以外学科的精神原动力。相比于儒家而言，老子在儒家对世界观的客观性态度上的人文衔接的基础上进一步地阐述了“天道”世界观的状态——“视之不见名曰夷，听之不闻名曰希，抟之不得名曰微。此三者不可致诘，故混而为一。

其上不皦（jiǎo），其下不昧，绳绳不可名，复归於无物。是谓无状之状，无物之象，是谓惚恍。迎之不见其首，随之不见其後。执古之道以御今之有。能知古始，是谓道纪”。“能知古始，是谓道纪”就是天道道统的“元道”，这是一种状态的描述，而非确定观念。由于《道德经》的立意不同于儒家附庸礼乐框架体系的皇权实用性，使得道家与儒家在中国历史上一直处在朝、野并行的明、暗两条文化路线的状态。《道德经》有过神性的世界观生发状态的描述，其形而上体系才有生发宗教的理论基础，而儒家没有这个理论基础。

# 第四章　世界观的隐匿

宋·苏轼《石苍舒醉墨堂》诗："人生识字忧患始，姓名粗记可以休。"此言道破中国文人对境界之追求精神的根源。这种对"道"的执着探寻意识，根植于中国文人的思维核心。为人处世，修身养性，包括三观的形成及改变，都是基于此为轴心的思维方式。高度和广度的下意识追求，形成了中国式"境界"的追求精神。这种朴素的境界追求，是我们忽略的生活哲学，是人们群居中天然形成的人性对天、地、人接纳并靠近过程中的下意识思考。这似乎与受教育与否无关，坚忍的品性使得部分天性高的人具有了无师自通的领悟力和包容心，是他们不自觉的殊途同归的完成了与文人一样的对"道"的领悟——即境界的追求过程。这种非文人性的境界追求及成长（受王化之后的人文性），更多地表现在对"善"的领悟高度和宽度的把握上，从而形成了中国独特的人格审美体系。

自我境界的感觉与别人境界差异的矛盾怎么解释呢？人之所以感觉到自我体悟的境界提升，都是因为形成了自己的思维体系。我们可以把这种体系称为思维内循环。每个人的内循环都是不一样的，这种差异是缺陷造成的差异，也就是思维某方面短板造成的内循环差异，任何一个内循环的体系里都是不断体悟境界的提升过程。如果把人生说成是三种境界过程的话（王国维言），那么每一个个体的内循环中都可以完成这三个过程。内循环"次"圆满造成的自我提升形成的"次"圆满假象是境界差异的根本点。每个阶段的"次"圆满都是自欺欺人的境界提升的节点，因为每次的"次"圆满都能完成三种境界的过程。"次"圆满就是每个个体的思维内循环的完善过程，而人的境界最终的差别是"次"

圆满的级别差异。“次”圆满的体系才是需要不断提升的——即高度和广度的提升。人与人的差别也是体现在“次”圆满的级别上。这种“次”级别的提升是没有界限的，也就是没有穷尽的。“次”的级别越高，越难突破当下内循环体系去进入到下一个高级“次”圆满的体系。这种现象就是我们经常出现的思维困局。也体现在内心纠结与挣扎的过程中。中国文人很容易不自觉地进入一种矫情状态，境界之精神成全了中国人文，也困惑着我们。当我们疑惑彷徨时，想想坐在门槛上晒着太阳抽着旱烟的农民，一切都不是那么深奥难懂。我们虚构了人文的自我而无法自拔，越深入越是无法自拔。

那么，每个次圆满的层次中的“圆满”共性在哪里？是什么一种力量让人产生次圆满的假象？每一个次圆满的层次中，都会包含对“天道”（世界观）的领悟，而对天道的领悟在次圆满的层级上不会根据次圆满的进阶而提升太多，在一定阶段，甚至是固定的。也就是说，次圆满的进阶大部分是针对人文境界而言的，而不是“天道观”。这在一定程度上，世界观在“行为的一致性系统心理依据”体系构建上形成了一种隐匿存在的状态。一旦第五个层次的世界观被恒定下来，世界观就会被隐匿起来（不在突破性思考范围）。用历史的眼光看待世界观的恒定问题，意识形态所假定的世界观终究会被一种人性的力量推翻。这种人性之力，是境界中的“天道观”的原始精神之力。也就是说，当世界观被任何一种“意识形态”所定义，都会被这原始精神之力的“天道观”所否定和突破。植根于人们心灵深处的“天道观”并不是一种理论上的世界观体系，而是朴实的生活体验中总结的自然规律，这种切身的感受和思考比任何人文观念影响都来得有力和持久。

“天道观”的原始精神并不能成为人类的救赎体系。对世界未知的敬畏和救赎期待的两种情绪，是人类人文文明产生的原动力。一种对世界的未知敬畏和救赎期待的客观态度构成了客观天道观的人文世界观的状态，而不是定义和固化。但是，这种状态是只能感知而不能名言的隐性状态，它必须依托显性人文框架才能生发文明。从隐性状态到显性文明的阐述过程，是一切人文哲学的本源差别所在。老子言：“道可道，非常道；名可名，非常名；无名，万物之始；有名，万物之母；故常无欲以观其妙；常有欲以观其徼。两者同出而异名，同谓之玄；玄之又玄，众妙之门。”其中“无名”就是指这种隐性的状态，“有名”是指“从隐性状态到显性文明的阐述过程”。老子《道德经》本身并不能成为一个完整的救赎体系，直到道教的出现才形成了道教的宗教信仰救赎体系。这两个阶段完成了“从隐性状态到显性文明的阐述过程”。同理，任何宗教式的救赎体系的建立，首先要完成对“隐性状态”的阐述。基督教用“上帝创世”和神力替代了“隐性状态”的阐述，从而完成了“神力”覆盖“客观天道观”的隐蔽过程。而中国的儒家在保持了“天道观”客观性的基础上与皇权构成了皇权信仰。它回避了“隐性状态”的直接回答，而是交给了风俗体系和宗教辅助。正因如此，当宗教在中国兴盛起来之后，就暴露了以孔子为轴心的儒家这个致命缺陷。汉唐之后，魏晋时期兴起的玄学；佛教和道教的兴起都给了儒家巨大的冲击，这种冲击的要害就在“隐性状态”的阐述上缺失。这也是在董仲舒之后大儒们所努力解决的问题，最有代表性的是宋朝的“程朱理学”和明朝的“王阳明心学”。儒家的这个缺陷并不是儒家体系不完满所致，而是“意识形态僭越”的历史过程；是风俗体系和宗教体系作为第四个层次向第五个国家意志层次的僭越企图所致。儒、释、道在中国文明史中，演绎了一段三者并存的平衡史。

“一种对世界的未知敬畏和救赎期待的客观态度”的隐性状态正因它的不可名状，使得人类在认识它的道路上充满了探索精神。一切试图用意识形态明言这种状态的历史阶段，都是探索真知的过程。过程中，明言的方式隐蔽了“客观天道”而用感性的表达语系称之为“神性”。儒家用四书五经的理论体系附庸了礼乐框架，建立了皇权与“隐性状态”的神性覆盖过程，也就是说儒家并没有直接阐述“隐性状”的神性体系，而是用纯人文系统覆盖了神性的阐述必要性。而区域风俗及图腾信仰、宗教都是用“神力”来完成与“隐性状态”的神性对接的。不同的是，宗教性质的对接过程中增加了“神位”的过渡，从而完成了“创世神权”的合法性基础。仅仅拥有“创世神权”的理论基础，还不能完成与国家意志的权力对接，这是西方宗教完成的方式——政教一体。并不是所有宗教都能与国家意志的政权体系一体化。图腾信仰与国家意志之外的宗教仍然有“创世神权”的理论基础，这种不能依附国家政权体系的信仰体系在国家意志体系之外形成了对人的“隐性状态”世界观的影响，也就是“区域性民族文化”的文明状态。站在第五个层次去看道统的“天道观”，既要克服意识形态的僭越，又要保持对“隐性状态”的阐述客观性。完成“神”崇拜向“神性”崇拜回归，是人文理性的道统阐释方式。神和上天没有赋予任何人任何权力，上天只赋予了我们自然规律。在自然规律的客观态度的归纳中，我们构建了人文文明系统。对自然规律归纳的客观态度，就是人文的理性。

无论是科学还是宗教；无论是人文主义还是意识形态；或者是资本主义；一切加入了人类意识的文明都属于人文范畴，而以“天道观”的原始客观精神为道统统领的人文，我们称之为理性人文。而国家道统又是怎样附庸于国家“礼乐框架体系的呢”？

# 第五章　孔子的大策划——华夏文明的守护体系

儒家的士精神，是中华民族精神的主流精神，只是近现代被隐没了。腐败的实质是集权。当社会的主流价值是仁善的，而社会风气却在变坏的时候，人的伪善性就会出现。每次朝代更替都是因为集权产生的国家机器腐朽烂透，从而改朝换代。但是，过不了几代又一样，这叫“历史周期律”。若说“历史周期律”的根源是腐败，那么，腐败的根源却是集权，归根结底还是集权（皇权世袭）造成的，因为皇权的接班人并不具备开国皇帝一样的德行、能力、领导力等，其官僚体系也是在这种世袭集权的圈子关系中“变相世袭”，这就造成了一代一代的腐败恶化。也就是说，天子的道德律在世袭制度中失去了应有的标准性。虽然企图通过科举制度和教育制度及体系形成人才晋升机制，而在集权的大背景下，科举制度也造成了中国官僚体系向善塑造的不可能性，反而为朋党腐败推波助澜。科举出来的真正清廉之“士子”在中国历史上乏善可陈，正因为“士子精神者”的稀缺性，中国在几千年的历史长河中树立了为数不多的“士子功臣”的庙堂。近两千年的权力崇拜及科举和官僚体系联姻的民族逻辑，使得取士的吸附力向权力官僚靠拢，而不是逆向取士法——凭德行取士，这就形成了不可逆转的官本位力量塑造惯性，这明显违背了孔子的本意。孔子的大策划是为了规范皇权的天道恒常的理论体系，而皇权却会在卡里斯玛效应与礼乐框架尊位精神反置之后出现逐代消解的必然，这就是孔子的和儒家的悖论。

中国自有朝代以来（夏开始），就有了国家道统的“悖论”效应。数百年为期的朝代更替规律似乎成了历史宿命。每次朝代更替都是因为“悖论”效应使然。往往每次朝代更替的第一代“皇帝”都是因为突破了“悖论”效应而获得“天德”之位（帝位）。自世袭开始，再由礼乐框架精神来塑造其“尊位”，从而又开始了周而复始的“悖论”效应。皇权的产生，本是群居共享安定的集体意愿，其性质发生转折就是由于“悖论”的产生。禅让制向世袭制的转变就是“悖论”效应的开始。由于禅让制度下产生的帝位是根据其已经完成的“天道之德”而形成了卡里斯玛效应，从而被祭祀体系生发的礼乐框架体系精神所“尊位”。世袭制度开始之后，皇权反置礼乐框架精神的尊位功能，从而形成“悖论”。由于皇权世袭的开始，礼乐框架的尊位精神就被权力绑架，为了维护其宗族及其体系群体的集体权利恒常而生发了皇权文明系统。天下士子莫不以此为人生终极意义（天道守护）。杜甫诗：“致君尧舜上，再使风俗纯。”可叹数千年士子之心，都困于此“悖论”之中。皇权为了守护其礼乐框架体系，最终选择了儒学为其附庸体系。皇权的世袭到了秦始皇之后已经进步到了止于皇权世袭，废除了诸侯世袭，而实行了郡县制度。也就是说，形成了一个特别有意思的人文状态，地方区域“天德”之位者是由皇权授予的，其卡里斯玛效应也是皇权授予的。这种授予的守护体系就源自于反置后的礼乐体系对卡里斯玛效应的塑造力。为了能够保持这种授予的塑造力，儒家为其作出了巨大贡献。悖论就是悖论，反置之力不可守恒。因为卡里斯玛效应的产生是群居文明的产物，是集体利益的共享。长期的反置就会加深所尊之位者与群体利益的矛盾和距离。唯有不被反置的卡里斯玛效应是真正源自集体承认的“天德”拥有者，这是大同之世的众望所归，而不是部分被授予者所能拥有的原点之力。在漫长的上下背离中，群体利益得不到共享式的实现，就会出现个体与群体的叛离。个体的叛离就会导致失去“天道”之综合力。每次时代之乱，都会体现出个体的叛离。从而，群居社会发生混乱，盗贼四起，世风日下。在这个由反置而塑造的体系与源自民间群体生发的共同意愿之间的矛盾，是中国朝代更替的兴衰之力（古人称之为：得民心者得天下）。矛盾缓解则天下大治，矛盾激化则改朝换代。皇权在此矛盾中守护着其平衡状态的愿望，历史却以人欲之象来体现两者之间利益的制衡。被授予的尊位者，上至皇室世袭，下至郡县授予都是会逐代消解其被授予之力。这是个人与群体利益共享之间的终极矛盾。在位者的个人利益被强化的时候就会失去礼乐框架赋予的加持力。张养浩诗：

“兴百姓苦，亡百姓苦。”我们于数千年反置之苦中体悟到：唯有打破“悖论效应”，解除反置之力，才能解决这个矛盾。于集群生活、生产中自然生成“天德”之位者，由群体赋予其卡里斯玛效应，从而代表群体利益而被尊于“礼乐框架”之位。这就是大同之群居体格。世袭与禅让的差别，不仅仅体现于家族之内（如皇室内部的立贤、立长之争），它更体现在固有群体对礼乐框架之尊位的独享和反置。

不可否认，中国数千年朝代变迁，人性左右时局之力可堪慨叹！饱暖思淫欲，勤俭本不可持，这也是历代圣人致力于文饰之为的原因。即使如此，亦不过是改善人性而不可根除。善、恶本就互存，圣人之为，阴阳平衡之度而已。善盛则恶潜，恶盛则善随。善、恶平衡之时，大治之世即临。群体文饰之“王化”与礼乐框架反置之解除都是未来人文的必修课题，这是另一个级别的矛盾（一切“王化”意旨的实现都是需要礼乐框架精神的尊位体系来执行，尊位就会形成悖论反置，尽管禅让制度可以突破悖论与反置，却依然会有在位期内的力量，这个力量是需要新的人文体系来建立其“一致性的系统心理依据”来作为其约束之力）。

儒家作为反置之后的“客观天道”守护体系，需要面对的有两大命题：一要完成礼、乐框架文化之附庸地位的确立；二要解决礼乐文化框架精神与卡里斯玛效应先后反置的体系。上面说到，礼、乐文化的隐蔽存在于人类社会框架的构建之中，这是亘古不变的人类群居的必然性存在。群居化的人文趋势是人类文明发展的必然规律。这种必然规律中的礼、乐文化框架精神就是隐蔽性的必然性存在。对于第一个命题，儒家的“一致性的系统心理依据”体系的构建就必须立于礼、乐文化产生的根基背景之上。无疑，华夏文明的生发原点与后世文明的衔接是绝无仅有的完整而清晰。《易经》的成型先是源于图腾巫术对天地规律的归纳（河图、洛书）。对天地规律的归纳，就是华夏的道统之源的客观态度。到中古时期，文王演化六十四卦。这是因为人类文明到中古时期，已经进入了一个新纪元时代。天地之文的规律道统已经不能满足群居社会框架下日渐繁微的人文需要了。从社会学角度意义上来说，中古时期已经基本完成了社会结构意义上的人文框架。这就迫使文王必须完成这个时代的新命题——天道之文的社会学引用。这个目标，文王只是完成了第一步或者说是第一个阶段。到了下古的孔子，他已经继承了这个命题，在六十四卦的基础上注了《易传》。这标志着中国的人文文脉与原点（天道之文）的一致性得到了纯正血统的保护和延续。《易经》被儒家立为群经之首，是华夏民族对天地之文的客观道统地位的确立和尊崇。从此，华夏人文之文明脉络总是在“天道”之道统的主干下生发延续。儒家正因为以此为道统之源，在其体系的血统内已经有了“人文理性”的精神基因。礼乐文化的框架精神与“天地之文道统”之《易经》一脉相承，都具备客观性存在精神基因。这两大基因，是中国文明从未政教合一的重要原因。因为这种天道之文能够生发和延续的特性，保证了华夏文明的主脉从未中断。这种根深蒂固的以天道之文为根基的儒家文明与礼、乐框架文明共同构建了一个民族文明的强大壁垒和熔金池。不管异族的侵入还是外来文化的浸染都不能动摇华夏文明的根基，反而会被这个熔金池消化吸收并异化后存在于中国。礼乐框架体系是这个熔金池的底板，而儒家则是它的浩瀚无边际的池壁。《易经》的天地规律归纳的客观精神，为中国道统留下了足够的神性空间。或许我们认为孔子没有为儒家构建神性空间，其实不然。他不是没能力构建神性之“宗”，而是不以一家之宗而统天下之民思。孔子把《易经》立为道统之源，而自己却不言鬼神。这种客观性的态度中，却把神性空间交给了《六经》体系阐释之外的空间。于是有了魏晋玄学、道学、堪舆学、命相学、奇门遁甲等等，无一不是以《易学》为宗源。

确立了道统之后，孔子需要着手天地之文于人文的衔接和转化。到了这个时候，人文对于孔子而言，是要兼顾皇权人文和群居人文两个体系。孔子以《六经》为形而上的道统。《诗》《书》《礼》《乐》《易》《春秋》都在不同角度高屋建瓴地构建好了儒家形而上的道统体系。刘勰在《文心雕龙》宗经篇以“《诗》主言志”一言带过，这也是后世以形而下的心态解读孔子的局限弊病之一。在东周时期，人文体系的作用还是停留在诸侯贵族及宫廷人文意义层面，而群居生活层面的人文依旧在民俗与歌的阶段。《诗经》不但言立志，更是天地之文中的物产知识，其中含有“天、地之文”的承接转化意义；还是后世人文的心性原点；是“礼”的框架下构建“乐”的体系依据和人文之灵（隐蔽“天道观”感性心性的启蒙）。《诗经》的意义不止于此，它是华夏文明走向人文文明意义上的原点，为华夏民族廓清了灵魂之境界的纯粹度，不过，《诗经》的局限也在于此——不言人间之外事。孔子编辑《诗经》的出发点有二。其一：从文风上树立典范；其二：从民、士、王三个不同层面给予抒情的心理依据——风对民、士对雅、颂对国事；其中，《小雅》是针对士的生活面情感表达依据，《大雅》是针对士的国事面情感表达依据。孔子删编此文的用意，无疑是为了贵族心性体系的“正”统纯粹性，“正音”为雅。从这布局中很清晰地看出，孔子完成了从各族群人文——统治阶级人文——共享祭祀人文的系统化贯穿目标。这为王化目标拓展了一个人文贯穿的关键通道。虽然此时这个通道仅仅停留在形而上的层面，但是，他是一个划时代意义的人文心性起始的标志。他从各族群的生活民俗中自发人文积累阶段提升到了大一统下的统治阶级王化为目标的人文阶段。孔子，开启了华夏“系统人文文饰”的文明史。

为了实现礼、乐文化框架体系与卡里斯玛效应先后反置的体系构建问题，就必须把“天道”之文统衔接到天子之位上。由尧帝开始的禅让精神，要求帝王是要先拥有卡里斯玛效应之后才拥有礼、乐文化尊位能力的。所以尧、舜的德行被尊为天道之代言者，事实也是人文与天地之文衔接的第一个纯粹阶段。所以，《尚书》是帝皇的范则。《夏书》以《尧典》开篇，此文内容所记载的是尧关于帝德的规范。这是各群居族群在被统一之后于图腾信仰之上形成的凌驾于各族图腾之上的卡里斯玛原则之尊位。孔子为什么用《尧典》作为《尚书》的开篇呢？这样的人物定位相当于宗教主神之位的确立，这是因为尧帝是第一个开始了禅让制德范的帝王（这就是孔子深植于其体系意识里的大同世界理想基因的确认）。那么，在各族群的图腾差异中寻求共同的根源精神是各族的共识。群居族群的祭祀起源打通了天地之文与人文衔接的节点。这是华夏文明与天地精神纯正血统的来源。把他形成典范、并与人文的生发延续产生了贯通的承载性隐蔽功能而言，华夏文明是绝无仅有的。《尧典》归纳了天地之道（天道之德）与人文衔接节点（帝位）的范则；另一方面又演化了作为此范则集大成者“尧帝”衔接天道之德的个人行为范则。天道之德就是华夏卡里斯玛原则的原点，也是礼、乐框架精神的最高尊位。此尊位，准确地讲是指“天、地之德”，而由历代帝位继承者代言。舜、禹的帝位的继承都是在先拥有卡里斯玛效应之后才会被尊此位，接受了禅让。从夏朝开始，帝位实行了世袭制，这就是礼、乐框架精神与卡里斯玛效应顺序错位的开始。由此，中国历史出现了数千年的朝代更替而卡里斯玛原则守恒的历史现象。孔子，为了保证世袭制度下的帝位永享卡里斯玛效应为出发点而策划儒家体系。尽管孔子拥有大同的理想，但是，在帝位世袭与社会结构管理之行政权力高度集权的礼、乐框架体系设置下，是不可能实现大同世界的，要把卡里斯玛原则回归到礼、乐框架尊位之前的自然状态，才是大同世界的实现前提。尽管历代帝王为了让拥有卡里斯玛效应潜力的储君提供更多的选择性而扩充后宫，生育更多的子嗣都无济于事。这就是人德之为与天道之德在传承上的最大悖论命题。

在《尧典》之后是《舜典》《大禹谟》都是解决人帝与天道之德对接，规范帝王的天道之德。下一步就要解决人帝与治理各族群居的阶层之间关于“天道之德”的贯穿落实的问题。《皋陶谟》就是关于此命题的范则归纳。孔子删编此篇，旨在清晰帝位之君的天道之德如何下切至臣的天道之德的行为范则。君于臣、臣于君、臣于政务族群的行为范则于此文典籍化。《益稷》接着阐述在拥有天道之德的帝和臣之下的天下治理状态，以及治理目标等问题。《禹贡》是以大禹治理九州等的事件展开范则记论，在上古时期，人帝的德行（卡里斯玛效应）主要来源于对天地之道的归纳和治理，以带领族群掌握天地规律而实现生活改良。在实现天道衔接人帝之位确定之后，也构建了天道传输的通道次第，那么下一步就要考虑治理族群群居的生存环境，使得族群的生存方式得以改良，这也是卡里斯玛效应的维系与增强方式。《禹贡》通过记载大禹治理九州的事件而让尊位者（君）掌握“地道”之德（地理知识和规律），同时完成了国家疆域的治理规划及范则。这既有天地之规律总结的意思，也有人文治理地理目标的意旨。《甘誓》是关于兵伐之德的范则，通过记载帝启征伐有扈氏前的动员文字来范则兵伐的理由。通篇都在说明有扈氏违背了大一统下的共享卡里斯玛效应原则，也违背了各族群形成的共享公共空间人文定式（也就是违背了王道——天道）。在这种情况下起兵伐，是为了维护各族群共同“一致性的系统心理依据”而发动必要的战争。这就是中国古代常用到的“师出有名”，这个“名”就是族群群居后形成的公共共享的天道部分。在东周时期，诸侯争霸，首先要考虑的就是“师出有名”，否则必失人心（失去卡里斯玛效应）。

这也是中国人文之天道本源的隐蔽性之一。若说《兵誓》是天子对诸侯国发动讨伐的理论依据，那么，《五子之歌》则是通过记述夏帝太康的荒淫无度而表述了警戒天子天道之德的丧失范则，《胤征》这篇有点隐晦，虽无明言“尊王攘夷”之意，但是，在仲康在位是的历史背景而言，《尚书》记录此篇的用意不言而喻。这既有“尊王攘夷”之意，和《五子之歌》共同为商代夏做了铺垫。至于《商书》中的《汤誓》是建立商汤的合法性范则，即朝代更替的合法性范则；《仲虺之诰》《汤诰》等篇章都是依据《虞夏书》的逻辑来补充的。《周书》也是在这个思维框架内所作的补充，这种补充的必要性是因为群居人文开始繁杂起来了。由于繁微的人文深入，历史已经开启了人文主宰的时代。其他篇章就不一一解读，孔子编辑《尚书》的层次梯级很清楚了，这就是儒家为“天子”梳理出的道统，是个系统而高度概括的指导方针。

西周建立之后，周公制礼作乐。它标志着中国已经把社会法则的自然形成规则升级到了系统的人文法则，完成了客观天道的人文系统框架的自然衔接。虽然礼乐框架精神要早于周朝，但是，《周礼》的框架体系之广达，已经标志着华夏文明客观道统的延续有了保障体系。

到了孔子的时代，礼乐的教化作用开始式微。孔子定《礼》和“克己复礼”的主张都是由于孔子意识到礼乐框架精神对客观道统的延续有着保障作用。至于《礼记》《仪礼》都是孔子之后的儒家学者们的著作及编辑注释等作品。他们延续了孔子的逻辑意图。如我们现在所说的儒家四书中的《大学》《中庸》两篇本属于《礼记》内章节。在确定礼、乐文化框架结构之前，必须为这个框架构建形而上的体系，这个体系必须完成卡里斯玛效应的“一致性的系统心理依据”，把礼乐文化框架的最高金字塔尖自然地衔接到天道之德的一致性上去。于是，《大学》就是《礼记》的最高“元道”（形而上）。主要的功能就是实现人文之德与天道之德的一致性，并保证礼义的贯彻性。在保证《礼记》形而上天道之德的一致性基础上，再展开《中庸》，它是关于《大学》之形而上的范则，是一个道统的纯正性的评判标准和维护的心法系统（义理的阐释）。第三步是用《曲礼》深入到人的心性认知，从这里开始，标志性地出现了王化教化的转折。秦汉之后的儒家由《三礼》开始了儒家的驱逐族群巫术的“一致性的系统心理依据”，而向礼、乐文化“一致性的系统心理依据”系统迈进。之外的篇章是礼、乐文化框架体系为了实现最高统领而设计的“一致性的系统心理依据”之范则。由此可知，儒家经典从《礼》开始标志着孔子现实了人文意义上的从“天地之文”至“文饰”转换的过程。于是，孔子为了丰满作为人文之“文饰”的“一致性的系统心理依据”，而开始专注于作为群居文化之社会个体的“立身”体系。在那个历史阶段，人文的系统仅仅停留在群居文化的士阶层个体与群居之间“立身”的矛盾层面，由于集体祭祀的强化作用而并未消解至个人心性层面的救赎需求。这就是儒家另两部经典《论语》《孟子》所解决的命题，虽然《论语》不是孔子所作，却是以孔子教育实践中言行的论述记录为主。孔子完成了这些步骤之后，儒家基本拥有了“文饰”天下的王化目标之能力，使得帝王在礼乐文化框架精神下可以实现先拥有天道之德的默认（帝位），通过王化的方法实现后天的卡里斯玛效应的塑造。儒家另一位圣人——荀子，提出了“化性起伪”的人文“文饰”新主张。后世尊孔子为至圣先师，孟子说：“大而化之之谓圣，化而不可知之之谓神。”孔子的大策划对人类文明的意义是巨大的，是华夏人文进化的第三位标志性人物。从人类社会意义上说，他的贡献甚至超过了前两位。某种意义上说，正由于孔子的大策划，使我们更像“人”了，把天道之德衔接于人文之“仁”。孔子所修撰的《春秋》有明确的形而上教化意义，它是关于孔子之前诸王关于卡里斯玛效应之得失的记载，也是《周礼》之后诸王卡里斯玛效应的塑造经验总结。

从孔子的整个大策划中，并未见其另立如宗教创世之体系。这是因为，孔子一开始就遵从了礼、乐文化框架中的祭祀亡者及天地的“客观天道观”。而孔子的这种观念，避开了创世的话题，他把世界观交给了儒家体系的“人文理性”精神去践行探索。更准确地说，孔子把神灵救赎的体系交给了“礼乐体系”，即“祭祀体系”的仪式本身。由于礼、乐文化的成形而拥有了“天道”与“人道（祭祀）”衔接的一致性，并占据卡里斯玛效应的最高点。正因为这样，儒家把世界观的创世体系转移到对“天地规律及祖先祭祀”的关注上，从而完成了其“忠、孝”体系（人伦体系）的天道衔接过程。这是华夏民族根深蒂固的文化基因，我们会毫不犹豫地会由心发出救赎的呼喊：天呐！没有任何一个民族会像我们一样这么根源性的对天产生依赖和疑问，这种对天的祈祷都是源自于对“天道”的毋庸置疑的信赖和尊崇。

儒学成于孔子。儒家文明始于汉朝——董仲舒与汉武帝。对于儒家文明的详细历史在此不作更多解析。我于此文所言，皆在围绕儒家之救赎体系而展开的，不在剖析儒家历史，而在其“一致性的系统心理依据”系统的构建过程上下功夫。从而掌握其宗旨，以便我们在新时代重建秩序应用体系。

孔子以《六经》建立了儒学的形而上体系。到董仲舒时期，儒家才开始了人帝代天与天人关系的形而下体系的构建。到了这个阶段，华夏民族已经基本固化了“道统”之天道之德，而开始了系统的塑造人帝之“天道”。董仲舒为此“人帝之天道”构建了体系——《春秋繁露》。董仲舒为此设计了儒学的形而下（中道）的框架体系，此体系又附庸着礼、乐框架体系，立三纲、定五常。

由于王化的渐进，各族群的图腾信仰渐渐被驱逐出了卡里斯玛效应的国家礼、乐体系，以民俗形式和生存方式的角色存在于民间。这个被驱逐的过程到此并未结束，还经历了长期被儒家王化体系刻意的稀释过程。即儒家有意识地参与了民俗活动的构建策划，使得民间风俗也符合礼乐文化框架精神和卡里斯玛效应的“一致性的系统心理依据”。汉代开始，礼、乐框架的构建已经开始了礼、俗的王化意旨的分野。礼、俗的构建分野于中央城邦统治与氏族伦理自治相结合。这也是“尊俗同礼”的不同解读。伦理的氏族自治导致了长期以来的人治基础，是非判断由“天道”的代言者（氏族长及长老们）来综合言论所形成的民心向背法则来惩治族群犯事者。主观性体现在惩治同一级别错误的惩治轻重的程度不同，却是以礼、乐制度下“天道”来保证体系的公平性，这种惩治权衡的过程中就是不可量化的过程，而是通过群情以及执掌人群的主观感受和判断来确定的，具有明显的高度集权色彩。在三纲的框架中，儒家的“一致性的系统心理依据”体系主要是附庸于礼、乐框架体系，形成了一个文明的实施通路（这是追溯“忠、孝”的通路）。这个通路就是群居生活面王化之后的民俗体系，包括对中央皇权的卡里斯玛效应的塑造体系；氏族之内的卡里斯玛效应的塑造体系；氏族之内的“一致性的系统心理依据”体系的构建。还以“五常”为天道之德构建了群居社会之伦理体系，从而彻底打通了王化至个体的通路。从而用“孝悌”

来构建氏族的礼、乐框架体系。严格来讲，华夏文明的所有体系，都是属于礼乐文明。在群居文化生活使用层面，却演变成了民俗文化。汉之后的风俗，是儒家王化意义上对风俗教化的开始，也是礼、乐文化和各族群差异文明综合而成的文明表征。三纲所构建的礼、乐文化是通过统一之后形成的共同祭祀为宗的体系，尽管汉朝之后已经实现了人帝代天，但是在祭祀之礼上仍然要固化天地之德（天道）的意义，从而确立皇权的合法性。也就是说，儒家于此建立了一个公共共享的救赎体系：一是对天地之规律的祈求，希望君王的贤能使得群居生存状态上得以改良；二是要解决个体与集体的文化矛盾（于群居社会中立身），这也是王化深入到风俗体系的使命。儒家，既成就了华夏民族的孝、悌之道，也利用它成就了皇权家天下的礼、乐框架体系。那么三纲中的救赎体系是怎么构建的呢？第一是继承了因对亡者的祭祀而进化成的祖先祭祀；第二是对中古时期的各族图腾信仰的各神重组，让他边缘于国家礼、乐框架之外，作为第五个层次救赎体系的补充。五常仁、义、礼、智、信是三纲的形而上学纲领。这也是宗教在中国存在的意义。由于佛教在中国的发展，对汉朝之后的儒家之礼、乐框架的“一致性的系统心理依据”产生了巨大冲突。这种冲突不仅仅是短兵相接的冲突，更大的威胁是来自于儒家于个体生死之灵救赎体系的缺失。从而促使了宋朝的程、朱理学的繁荣，是应时而出的儒家体系补充。这个时代是人文发展到了个体心性繁微的人文阶段，繁微到了“文饰人心、王化成性”的人文成熟阶段。也就是说，人文教化的普及化，导致个人心性救赎的渴求状态，由佛教心性救赎为起点，儒家开始了自汉朝之后的漫长的心性体系完善过程。可知，风俗体系的框架和国家礼乐文化框架的体系是同一个逻辑，氏族的行政框架由忠、孝、悌赋予其卡里斯玛效应，其暗线是用纲常来塑造这种人伦关系，从而成就该框架的卡里斯玛效应。

儒家是靠什么实现这个既有精神信仰意义又有元道、中道、器道的体系承载作用的风俗体系的？大家都知道，之前有天坛、地坛等皇家建筑，这些都属于“天道”与“人帝之位”祭祀意义上的“器”场。儒家于风俗体系中却是用宗族祠堂来构建这个“器”场的。宗族祠堂，这是氏族卡里斯玛效应之最高点，相当有宗教寺庙的救赎、祈愿、祭祀、执法的群居精神领地。儒士的信仰是非宗教的，这也是儒家修身而至达观的生死观。宗族祠堂明显带有儒家体系附庸于国家礼乐框架体系之后而介入区域风俗体系构建的国家意志——政治色彩。儒家的“天道之德”是其精神救赎的根源力量，而把未知与死亡恐惧交付于对“道统”的维护上。用礼、乐框架塑造最高祭祀原点，用祖先祭祀来救赎死亡恐惧。由于对祖先的祭祀可以找到因维护“天道之德”而获得来世或者孝、悌体系下的家族繁衍情感救赎。这是个独立于神位之外的救赎体系——儒家无冕之神的信仰体系。同时，唐宋时期的佛、道教繁荣，也从宗教角度介入了风俗体系的构建进程，作为儒家神性救赎缺失的有力补充。

儒家文明到了清朝，是极致的文饰入心、王化成性的时代。不知是历史的必然，还是偶然。自董仲舒以来的儒家文明，在清朝面临了一个极致状态。由于世界生产力的发展，清朝末期已经预示着这一大否定的必然。表现为人文心性的驯化极致——孔乙己式文人群体和人文载体的文字规范极致（八股文）。这也是心性救赎的可怕。不仅仅是儒家，任何宗教教徒都会出现这种状态，只是其表现方式不同而已，这也是文艺复兴以来人文主义运动的主旨——破除驯化极致状态，迎来独立意志的启蒙。但是这种否定又有着悖论的意味。因为，这是人类的民主文明时代的开启，而民主时代却与孔子所策划儒学的最高之大同理想有着共同的愿景。

西周时期，是华夏文明的礼乐框架体系文明的定型期。太公的“尊俗同礼”主张，是国家礼乐框架精神的客观性关键。“同礼”是统一国家礼制和秩序，“尊俗”是保持区域文明的自主独立性，这是中国多民族和多元文明长期共存格局的核心。

我们再看看儒家介入汉朝之后的中国文明之后，其人文心性的流变过程。

汉朝出现了很多妙人，汉赋也是个有力证明，汉赋瑰丽雄奇，气象万千，大气磅礴。是一个时代的气象表征。为什么汉代会是这种气象呢？这是因为，汉朝之前人类文明是初级形态，并不太文明（人文驯化并未到达个体的心性之内）。看《东周列国志》就知道杀伐的普遍性。那个时代是智慧与野蛮共存的大时代，经过儒家体系的逐渐驯化（其王化的意旨就是隐恶扬善的驯化过程），让彪悍的人有了人文性（人文化和礼教化）。汉朝是野蛮与人文的交融时期，造就了其大气磅礴的气象。这个气象受到儒家文化的影响。一直延续到唐朝，已经发生了很大的变化。唐朝与汉朝的气象比较也是大气堂皇的，但是很不同了。汉朝野性的大气野性，而唐朝开始向人文（儒家文明）倾斜，于是有了大明宫的文化繁荣体现。这都属于儒家之后的人文文明的发展。荀子讲的“化性起伪”，儒家经历汉朝的起始阶段，再发展到唐朝已见成效。再看看宋朝，宋朝的程朱理学的繁荣，是儒家心性体系的入微体现。这里面既有儒家文明体系自我完善的因素，又有佛教东进的原因。佛教的东进，造就了儒家哲学体系的升级。到王阳明及其《心学》。王阳明的思想并不能重构天下。董仲舒到程朱等还有过系统重构的格局，但是它们已经完全失去了孔子大同世界的本意，只是做着与时应用的心性细化，以达到皇权教化变异为驯化之文章，再之后都停留在心性层面的酸腐苦研之中，虽然深微至极，却失去了大天下之格局。人文入心，王化成性，这是孔子之后的儒学。从汉到清朝的奴性深重，就是心性哲学和其移风易俗及礼乐体系共同驯化的结果。当然，心性哲学的升级，与生产力的发展和受教育人群的数量增加分不开，心性救赎是人类文明进入独立意志时代的必然，不过，也是道统体系发展的极致。儒家能够参与“人文入心，王化成性”的两千年中国文明教化之功，离不开法家的作用。尽管儒、法两家长期斗争，却在皇权专治的体制里实施了礼法的融合机制。这里不再分析儒、法斗争史，只求明了儒家文明状态的流变轨迹。

西方的独立意志启蒙在中国的民主主义革命的意义上并未成功，如果成功了，也就不存在奴民的意识问题，这个失败是人为的意识形态及教育体制作祟，所有充斥的伪善，是统治意识的大众灌输造成的必然，我们所呼吁的道德律在这种情况下毫无改良的土壤可言。这种意识灌输的伪善惯性，是集权专制所必然出现的状态。当下儒家之所以难以与现实接轨，要远远超越于现在所谈论的心性哲学范围，而是跨越到了文明模式的层级，因为市场经济的心性驱动力和儒家是相反的，如雅乐在市场经济秩序里没有生存土壤。一个是中正至庸，一个是媚情搏眛。在市场机制里，人文良知在商战中很苍白，所以说，肃统，是从国家机器和文明模式的高度去解决问题。

秦朝之前，由于封建世袭制度，除贵族之外的士（败落的贵族文人及贱民精英们）阶层被排斥在政权体系之外的。秦始皇破除了封建制度，但是在采用政权体系构建人群上却被困于时局。焚书坑儒的真实冲突是因为儒士阶层与其旧有权力体系阶层的入驻之争。始皇刚统一帝国，武将旧臣皆为国柱，互为依存。汉武帝之时，儒道之争，也是儒士与藩王旧势力的入驻之争。从这个角度去看儒家，发现儒家是一个皇权与“天道”相合的修正体系。正如《秦始皇本纪》中所言：“赵高言：今时不师文而决于武力……明主收举余民，贱者贵之，贫者富之，远者亲之，则上下集而国安矣。”贱者贵之，贫者富之，是儒家的核心功能之一。由于孔子整理编辑的儒家经典次第清晰完整，适合第五个层次的国家意志人才体系提拔的考核制度。同时，儒家体系又为士阶层入驻政权核心的天道执行提供了层次分明的理论依据。更重要的原因是儒家的理论体系与皇权礼乐体系融为一体，完整的先入为主的成为了皇权“天道”的守护体系。它能修正皇帝因世袭之天道中的卡里斯玛原则逐代消解的矛盾。让儒家之士与皇帝共同完成天道常恒的使命与目标。所以，历代科举制度的公平性是皇权最重视的事件之一。因为在中国传统之天道中，除皇帝之外，于行政体系之廉，公平的选拔官吏体系就是天道的恒常保证。这也是历代开国皇权诛杀功臣的重要原因之一。就是为了重建符合维护“天道”精神的官吏体系，破除权力执行体系的群体固化和党派化。

人类在向客观世界的真实面目靠拢，尽管经历了很多阶段，或许还要经历很多阶段，这种向客观世界靠拢的精神就是“人文理性”，也是人类的终极使命。科技的飞速进步，越来越把唯心认识的人文世界印证到客观世界里，这是人文的必然过程和使命，也是人类文明的终极意义。人类文明史就是一个以“唯心”的探索求证着“唯物”的客观世界的客观过程。

西方从资本主义精神提出以来，和中国两千多年未变的儒家政治形成了一个分水岭式的里程碑。前面说过，人类文明的进步其实就是“理性化”程度的进步。从出发点上看：资本主义精神所意指的人文主义理性是支配世界（自由意志的绝对化），而儒家的人文理性是指适应世界（天人合一）。同样的客观世界与理性，却分出不同的意识形态，就是从根本上不同的原因，也是中西文化历史进化中的分野节点。

判断一个宗教的理性化程度，可以根据其驱逐“巫术”（迷信）的程度和其系统与三观的和谐性来判断。人类文明的进程其实就是理性化程度的进程。“理性化”怎么界定呢？这涉及对“理想”状态与人性除恶的人文本质。所以，这里要提出“理性”的前提条件。人文对美质的追求进程是理性的前提。那么，可以界定，倾向于“恶”的务实理性是文明的倒退，而构建以美质文明（善）为目标的理论及行为务实则是文明意义下的“人文理性”。纵观两千年儒家文明史，都是在“人文理性主义”客观态度中完成着驱逐“巫术”的使命。把多族群的图腾局面区分为华夏一统的意识形态（礼乐教化下的王化人文状态）和尊俗的民族差异化文化（把巫术祭祀民俗化），有效地把统一和差异多元的格局高度概括统筹于礼乐框架之内。

仅从中国来说，中古时期就已经销毁了各诸侯国以及多民族神系传说，也就是说，他们神系里的神随之也不见了。我们今天能在文明中了解到的神系，是儒家配合（或叫允许）宗教根据碎片重构而成的。这个重构过程也是礼乐框架与卡里斯玛效应先后发生反置之后的结果，由塑造皇权集权秩序为目标之后整理的道家神系已经是宗教体系之内的神位分布了。不仅仅是中国，古希腊的神话到今天也仅仅成为传说而已，众神已经失去神位。上古时期的神系更接近“巫”的精神。历史一直在完成一个驱逐“巫”的过程。远古时期人类创造了“巫术”之神，在中古时期却开始了“巫神”的剿杀过程。事实就是“巫神”基本从人世消失。取而代之的是“宗教”之神的诞生。神系的历史是由人来编撰的。从巫神到宗教之神的进步是人类文明从部落游牧猎食文明到农业文明的进步。未来，神也会跟着改变它的存在方式。信仰不会抛弃人类，人类却会篡改神系。

# 第六章　三道三分法——元道、中道、器道

中国的近现代史就是一部西学东渐的历史。在第三章中说过中西方文明基因的差别，我们在西学东渐的过程中，也开始了意识形态替代道统的人文时期。依据意识形态所构建的文明模式会走向历史局限的窠臼。随着当代西方思潮的不断更新，所造成的人文冲突与日俱增。这种冲突的根源是源自于中道（意识形态）替代道统的西方文明基因决定的。不但造成国民性的心性不能获得安宁，也已形成了国家的不稳定因素。独立意志的本意是自我救赎的需要，但是，在国家缺乏道统统领和市场机制的自由中独立意志却成了个人意识形态企图普世的功利冲动。再加上全球化的国际冲突，这种中道僭越的思维逻辑已经成了左右人心（文化战争）的有力武器。这种混乱源自于西方文明中道僭越道统的基因，从而商业文化的意识形态化在失去道统体系范则的情况下，更加泛滥成灾，左右人心。甚至，在西方价值体系中所运营的商业意识形态体系假借消费方式的塑造而不断改变着人的生活方式和生存状态。这是个最好的时代，也是个最坏的时代。我们立于此时，学不得定规，民不得其安，心不得其宁，法不得其常。这是一种精神上被抛弃的“自由”。

在中西方诸多文明差异的史料研究著作中，如果能加入“道统（元道）”、“意识形态（中道）”、“形而下（器道）”的次第演变逻辑，也许更便于我们掌握区域、民族、时代文明等各种差异化演变的脉络。我们在人类文明进程中掌握时代的演变工具，并且掌握这种工具，能更好地解决更多的人文矛盾及冲突。为世界多元文明存在“求同存异”的可能性找到理论依据。

老子：“无名万物之始，有名万物之母。”“无”的孕育状态是道的

本源状态，是孕育生发的临界状态。这种生发之前道的表述强调了后一句“有名万物之母”。老子用“无名万物之始”作为形而上“道”的本源阐述，而用“有名万物之母”作为形而下“器”的阐述。“道”与“器”的关系像是母子关系，子可以成母，母亦为子的双重角色转换思维，可以不断传达繁衍深化的，可以不断实现“道心惟微”的具象表达。这就是“道”的生发不息的精神。从“无名”到“有名”之间仍有个中间状态，中国哲学把他归纳为“一”之前的临界状态，它与“一”孪生并存，是道生发之前的临界状态，这是生发的“中道”。在形而上的“元道”与形而下的“器道”之间仍有个既有元道精神也有器道精神的“中道”。

对于第五个层次而言，若是把“客观天道”作为“元道”，那么意识形态对客观天道的僭越体系就是“中道”，僭越之后生发的文明就是“器道”。这个可以解构“道统”下的世界文明的生发次第。“中道”是各个区域之间、国家之间、民族与民族之间的文化差别所在。

若是把僭越之后的意识形态作为“元道”，那么依据它生发出的文明理论体系就是“中道”，文明体系中的物象就是“器道”。了解一个时代的文明构建次第，可以解构朝代与朝代；时代与时代之间的文明发展差别所在。

“客观天道”是华夏文明的“元道”，各个朝代的意识形态僭越体系是中道，各个朝代的文明物象是“器道”。掌握一种文明的演变过程，可以解构被拉长的历史文明的演变过程，从而找到新世纪文化重建的突破口。朔本追源，回归“道统”。

“中道”亦道亦器，上承“元道”，下启“器道”。是简易的“始”，生发了“象”。这是世界文明分出殊途之因。包括各国政治、经济、哲学、民俗、文学、宗教等等之区别。这是生发之后对“元道”的不同阐述途径的差异。“象”与“体”不同，“象”包含了对“元道”和“中道”的承载。而“体”却是纯粹意义上的“器”。认清这一点，是当代物象表现的重要节点。所以称其为“器道”，而非“器”，是因为“器道”必须保持三道各个次第中的一致性统一。人们的生活方式上的表现形式差别，如餐饮、娱乐、服装、家具、建筑、艺术品、称呼、礼仪等等在“体”上差异化而“道”上保持一统。“器道”用艺术的语言解释就是：艺术无国界是指承载了“元道”的相通性；不同流派及中西之别是承载了“中道”之表达途径差异。从而通过“艺术作品”表达出来的“器道”之“象”。这是从人类人文的大格局区分“道”的层级。其实，元道、中道、器道都是合而为一的世间表象，却又独立于作用存在。

《易经·系辞》曰：“形而上谓之道，形而下谓之器”。“道”是理论层面的，然后到了执行层面，就叫着“器道”。拿茶道来说，“水”是元道，把水比喻成元道，中道是什么呢？是茶水。器道是什么呢？是茶具。光理解元道、器道是不行的，最有意思的是谓之中道的东西即茶水。中道，亦道亦器，它上承载了“水”，下延伸了茶具，那我们就知道，从几千年以来，它都有一个中道的演变，到现在文化到底变了哪里？元道是我们传统继承的本源，而变化的是什么呢？是它的中道，中道变化了以后，才会产生器道的变化产生茶具的变化。水是“元道”，茶水是“中道”，茶具是“器道”，综合构成了茶道。这是从器物上掌握构建文明物象的次第关系，使物象的构建系统与道统形成一致性。如果我们用中道替代元道的功能，我们的文明只是某一种茶的茶道文明，是单一文明状态。如果完全否定中道的存在意义，那么，元道所生发的文明多元性也是不存在的，即是开水做茶，何来各种茶道文明的繁荣共存呢？也就是说，中道的存在是在元道道统的客观性中生发出来的多元文明共存的前提。元道的客观性是多元文明共存的公共秩序。中道对元道的僭越还体现在形而上之道被“形而上学”化，也是西方思维中与政权服务中的“人文理性”主义化的一种应用体现。

同理，把“三道”之法应用于任何文明次第构建分析系统（历史纵向或者区域文明横向解构），都可以找到其中的三道之法门，从而捋顺其脉络，求证其差异化的存在方法。于任何一个“一致性的体系”内也可以找到“三道”之方法，以构建体系之奥义。梁代刘勰（xié）的《文心雕龙》，本意也在于此。清元道、修中道、易器道，是故谓之：文其心可雕龙也。孔子、董仲舒、程朱理学、清朝的纪晓岚为首编撰的《四库全书》等，都是在遵循和应用了此“三道”之原则。

三道的三分法，是要确立人类文明中千古不变的“元道”精神，和一切文明差异表象下的相同之处——道统。在道统之下，一切意识形态僭越之后的文明差异化演变都是有章可循的；一切空间物象的形式差异也是有章可循的。在任何一个不同的人文事物之中都有“相同”的“道统”来统领物象的“人文性”。

在“道统”之下，它于任何理论和事物中都是“三道”一致性并存的。失去了并存的一致性，也就违背了“器道”的精神，失去了“道统”的意义，更构不成“道统”“中道（意识形态）”“器道”三者“行为的一致性系统心理依据”的和谐统一。未知所治之一，又怎知所修何持呢？任何国家或个人都不要企图用意识形态去建立第五个层次和第六个层次的人文秩序，道统之下才是意识形态的存在空间，那样只会把人们从一个“迷失状态”带入另一个“迷失状态”，只是起到了短暂的缓冲效果而已。它经不起时间与“天道观”的纠正之力检验，最终都会走向破灭。

# 第七章　众神狂欢

唯物的目标是精神，唯心的探索过程，这是人类认识世界的两重力。欧洲人文主义运动以来，在神权与神性的确认过程中经历了数百年之久，至今依然在“解放了众神”而无法归统的迷失状态徘徊。人文主义独立意志与宗教、资本主义形成了缔约，而科学的进步却不断冲破“神权创世”的道德边际约束，因为它的精神力源自于对创世说的突破和理性主义边际的前提范围的界定。它与资本主义共同颠覆了独立意志的人性救赎依据。从文艺复兴以来，西方就已经开启了众神狂欢的时代。

中国的人文精神概念有别于西方，在中国，一切人类生存方式的文明都称之为人文，而西方是针对于神学主义而言的人文主义。追寻数千年的人文哲学史，我们发现，在心性哲学领域去开拓新的蓝图已经很难。站在这个时代的思想者，人文哲学的努力方向已经不是心性哲学所能突破的，也许是在总合人类人文哲学宝库的基础上尝试方法论上的突破似乎更有前景。

中国自新民主主义革命以来，我们所走的民主之路，也是自由意志觉醒之后的必然产物。尽管文艺复兴以来，人文主义遇到了困境，它仍然是不可复回的必然之路。中国“全盘西化”（人文主义）的历史冲动，儒家的人文理性体系也给了充足的共性理论支持。当历史走到今天，坚持什么所谓“主义”立场都不是最重要的，更不是历史性的选择必然，历史的选择不是你的坚持，而是选择本身。在这样的历史背景下，自由意志的道德秩序和终极救赎的缺失是世界性的人文共识。要解决自由意志和道德伦理救赎的矛盾，世界文明体系中，也只有中国的儒家文明提供了可供参考的理性依据。

儒家人文主义客观精神终极救赎的体系本就是建立在以“客观天道”为基础的伦理道德之上的，以仁、义、礼、智、信、忠、孝、悌等的伦理入世救赎作为形而下体系。形成礼、俗体系分野和宗教为辅助系统的多维救赎空间。一定层面上讲，儒家和宗教信仰一样，都有一定层面意义的救赎体系和次第。但是其优越性体现在：一、非宗教的客观人文理性精神的义理；二、其终极救赎的途径是世俗和源自生活的伦理道德体系的最高原点“忠、孝”天道和宗祖救赎；三、儒家附庸了“礼乐框架体系和沿用了“客观天道”作为形而上的“元道”，并与礼乐框架精神完成了一个可承载多元性文明的开明格局。对于时代的适用性而言，儒家解决不了当下的问题，是因为它的救赎通路和途径被打破了：一是宗祖氏族体系的不可回归性，计划生育和城镇化都打破了氏族体系的重建可能；二是形而下体系的时代命题，仁、义、礼、智、信、忠、孝、悌、三纲等原有体系的主体和客体基本都已发生了颠覆性的变化；三是终极救赎设计的政治风险；四是儒家文明以来的等级次第扭曲了礼乐框架的原始序位精神，自《周礼》开始，儒家已经系统地把礼乐框架的原始序位功能用皇权等级次第取而代之（或者说，在儒家产生之前，礼乐框架的原始序位精神自有皇权以来就已经被皇权等级次第体系取代）。这就形成了一个儒家的本身悖论问题。孔子策划的儒家体系虽然有其皇权的历史背景，但是，我们能看到孔子的人文客观的意旨。他的形而上体系作为“元道”，董仲舒之后的应用体系就成了“中道”了，形成了华夏近两千年的文明之“器道”。自汉朝开始，儒家的“中道”与“元道”形成了“暧昧的悖论”，这个暧昧是历史背景造成的。或者说，这个暧昧的悖论源自于孔子本身，他与《周礼》的礼乐框架体系捆绑，既成就了儒家，也违背了他自己的大同意愿。

文艺复兴的意旨在西方是针对政教一体下的奴性而发起的人文主义启蒙运动，而在中国的作用却是始于20世纪初的新民主主义革命，所针对的却是儒家为形而上体系的皇权阶级次第奴性的自由意志启蒙。孙中山曾说“民权”是“天赋人权”。孙中山说“天赋”，也许是民族文化基因在他的下意识里起作用，很明显和儒家“客观天道”的原始精神保持了暗合。孙中山的著作里并未阐述系统的“天道观”，也没交代第五个层次的“隐性状态”和第五个层次的系统性构建。在他的《三民主义》及《建国策》里只是国家机器的政权运行体系和民主启蒙理论，作为一种国家意志层面的“行为的一致性系统心理依据”并不完善。这已经给新中国的意识形态种下了一个缺乏神性的民主体制基因，也是西方文明基因中依赖政治体制来解决国家治理问题的延续。

孔子的悖论就在于其体系是为了给礼、乐文化框架之尊位（皇权）提供足够的卡里斯玛效应加持力，从而巩固卡里斯玛效应与礼、乐文化框架序位功能的顺序反置事实。而孔子的大同理想世界是必须先拥有“天道之德”（卡里斯玛效应）才能获得礼、乐框架排序万物之尊位的皇权。大同理想对于卡里斯玛效应的获得不在于选择群体的家族化或者党派化，只要是群居群体中的小部分群体的选择范围（非全民性范围的天道之德继承者），都属于悖论（即顺序反置）。新中国成立以来，虽然已经打破了家族意义上的世袭制度，但是这个“悖论”效应还未消除。我们确立了群体共享祭祀之礼乐原点——烈士，为了驱逐儒家文明构建的民俗积淀的帝王卡里斯玛塑造体系基础，而实行了“破四旧、打倒孔家店”等等一系列的文化运动。从而使得共产主义及其思想体系深入到民俗教化体系中去。回忆新中国成立初期，从礼、乐框架层面构建了各种礼堂、各烈士祭祀活动；从服饰到人伦关系的清洗重塑；再到“乐”（红歌、大合唱等）体系的重建；到了民俗层面的重塑中，虽然破坏了宗族框架体系的卡里斯玛效应结构，却保存了“家”为单位的祖先祭祀和人伦（孝悌）关系。这也许是一种无奈；也许是折中和妥协；抑或是一种下意识地保留。因为“家”概念下的“孝、悌”是农业文明时代实现礼乐框架下卡里斯玛效应的基本单位组织和源泉。当毛泽东试图把封建社会下的心性体系从民众的心性当中驱逐出去，而重塑共产主义心性体系的时候，历史却给了我们一个无言的结局。孙中山虽然是这个时代“元道”（三民主义）的最早提出者之一，但由于民族资产阶级革命的性质，使得其“元道”并未建立相应的“中道”和“器道”体系（民俗体系和生活人文）；以及为此礼、乐体系而策划出相应的卡里斯玛效应的塑造体系。在没有掌握真正的卡里斯玛效应塑造体系的情况下而附庸于礼、乐框架，坐享天道之人位，是其失败的必然。

历史上中国与西方产生了救赎体系的分水岭（宗教救赎和天道、宗祖救赎的分野）。一个文明体系的差异是群体信仰的差异；一个信仰体系的差异，祭祀对象是决定因素之一。祭祀对象的偏离是导致政体消解卡理斯玛效应的重要原因之一。新中国成立初期，已经在逐渐消解对氏族祖先的集体祭祀意义，并建立了对亡者（烈士）祭祀的转移体系。然而，毛泽东去世后，这方面的意旨已经消退了，或者说当政者忽略和遗忘了这方面的信仰意义。使得礼、乐框架体系的最高尊位失去了信仰力量和卡里斯玛效应。

新民主主义革命从皇权的礼乐体系开始，否定了“儒家”的意识形态，却并未回归“道统”，也未建立第五层次的系统性的“行为的一致性系统心理依据”。从而开启了中国道统迷失和神性迷失的时代。

改革开放以来的市场经济体制破坏了计划经济时代建立的“统一三道”的初级系统，从而对其意识形态的卡里斯玛效应产生了动摇。并与西方的“道统迷失状态”一起迎来了一个“众神狂欢”的世界性的大时代。

若经济建设导向强化了社会经济关系，而忽略了意识形态的卡里斯玛效应的塑造，就会导致救赎原点之崩溃，从而失去“一致性的系统心理依据”的一致性性和系统性。当“一致性的系统心理依据”体系失去其统一力的时候，人们就会选择最实用的“行为心理依据”——实用主义。

自姜太公“尊俗同礼”以来，就奠定了中国的多民族共存的开放格局。这是中国的礼、乐框架的承载精神之格局。自周朝开始，于礼、乐文化框架所尊位（禅让帝位）之卡里斯玛效应已经开始向皇权世袭之帝位完成体系的完善系统捆绑了，这也是集权所带来的政权之卡里斯玛效应反置所得的力量加持。此时，自由意志的觉醒之力削弱了卡里斯玛效应的主宰地位，使得礼、乐文化之框架所尊之位又分出了两个层级：一是原始卡里斯玛原则的“天道”隐蔽于群居人心而存在（此矫正之力随着历史和人文的发展，拉长了其效应之力的作用期）；二是王化之后的人文层面的心性之力（由权力所主宰意图下塑造的卡里斯玛效应塑造体系）。这也是由礼、乐框架精神固化之后，其隐蔽性所带来的人文教化的结果。也就是说，传统儒家于当代的问题中，其矛盾点并不是社会体制的问题，而是人文主义背后的自由意志与皇权阶级次第之间的矛盾，自由意志才是所谓民主的潜台词。人文主义理性用形而下的方式废除了形而上的神性和“客观天道”。所以，传统儒家解决不了这个时代的人文问题；神性在自由意志中也已瓦解，神也解决不了；这才是新哲学体系产生的原点。于时代的命题中，我们必须要重建终极救赎的途径和形而下体系以符合时代精神，才能解决自由意志与道德伦理救赎的矛盾。

人文主义的理性本是站在非封建和非宗教的立场来阐述的。今天，我提出人文理性的命题，正是因为要延续人文理性精神来解决道德伦理终极救赎体系的理性精神信仰的构建意旨。一边是回归宗教救赎，无疑是否定了西方数百年的努力和中国近百年来的努力，在这么长的历史跨度上，对历史的否定是站不住脚的。之所以宗教在当下又复兴盛，只是人文主义的终极救赎遇到了瓶颈。我们在科技如此昌明的时代，如果依然把目前不明白的事情还归结于鬼神，实在是侮辱数百年来人文主义智者的智慧和努力，更是违背了为此革命运动牺牲的所有生命的意愿；而另一边是人文主义救赎的苍白，“理性是激情的奴隶”这一论断让道德伦理与自由意志形成了尖锐的人性矛盾。如果道德伦理的终极救赎不可以救赎感性的驱动，那么，人文理性的提出无非是乌托邦式的说教。本书以此为出发点，从解构儒家救赎体系开始，探索一条人文理性信仰构建之路。除此之外，还要解决科学理性主义精神、资本主义精神、人文主义的矛盾问题，让他们统归于人文的理性体系之内，建立人文理性的“道统”，这是本书的根本意旨。

汉武帝时期，旧臣做大，藩王失控。朝廷为了培养朝廷新势力和建立人才晋升体系之需要，而提出“罢黜百家，独尊儒术”，让寒门儒士得到晋升机会（使贱者贵之）。就是说，罢黜的不是百家学派，而是朋党。独尊儒术的原因既有当时的历史原因——势力削减和平衡之意，也有儒家文化宗旨的特点之原因（上面说过儒家遵循了“客观天道”的基因，次第完整）。第五个层次的一致性次第和道统的守一是国家意志统一的必然，然而，肃清一统的不是学派本身，而是礼、乐的框架秩序。当然，一个民族和国家的礼、乐秩序的建立离不开形而上的理论附庸，更离不开“文而化之”的风俗体系的建立。

在唯物主义世界观的指导下，我们并没有建立与之相适应的终极救赎体系，这是时代的命题和历史使命。科技的进步改变着生产力和生产关系，到今日，它不仅仅改变了以往的阶级与阶级之间的生产关系，也在改变着人与人、人与天地规律之间的关系。科技与人文灵性的两极时代即将来临，我们正在自设的使命中惶恐不安。科学的理性求真精神已然在威胁着人类主体。自然生态环境和人文生态环境恶化的所谓治理，不过是国际强弱之间的区域转移。这种转移带着极端民族主义的心态和罪恶，却又违背了世界大同趋势的科技精神。在这种悖论中，我们逐渐意识到的是亟需解决科技理性带给人文理性的冲突问题。

人文主义启蒙运动数百年的思想流变在心性层面的体系构建之路上尝试了可以尝试的。人文主义精神阵营的持续演进，给了资本主义成长的时代空间。资本主义把科学理性的旗帜从人文主义阵营中抢夺过来，形成了资本主义“天道观”的解释武器，依然没有突破“礼乐框架的原始序位精神被统治等级次第体系取代”的人文悖论。解放了众神，让人们在“道统”迷失的状态下迎来了各种意识形态的洗礼，迎来了“众神狂欢”的时代。

# 第八章　救赎的悖论

香港影片《酒徒》，讲述了一位作家最后被生活所逼去写《潘金莲》系列色情剧本。影片插文说到：“这个社会有良知的人都在社会底层。”我们追问历史，这种情况是从什么时候开始的？群居中对真、善、美的期待救赎情绪一旦被统治政权捆绑在第五个层次之后，权力欲望就会与群体救赎期待产生救赎悖论。这个悖论使得一切意识形态体系都会被权力所利用，而成了为阶级次第服务的理论依据。这个悖论始于卡里斯玛效应与国家礼乐框架体系反置之后。四千年隐恶不止，都是源自于这里。悖论在于“隐恶扬善”的国家意志体系层面对前四个层次的叠加，由“隐恶扬善”的立场出发构建的第五个层次的国家救赎体系又与第一个层次的个体“人性”形成了上下次第的悖论关系。这跟人文的进化息息相关，由最初的天地规律归纳的人文构建到意识形态僭越的第一个阶段，人文精神就已经开启了“人性驯化”的悖论，把人性驯化作为意识形态的最高人文道统，在此基础上生发礼乐框架秩序的人文次第。从孔子到柏拉图；基督教到佛教等拥有下古文明基因的哲学体系都试图从“性体论”开始立论。到了笛卡尔的“我思故我在”和王阳明的“无善无恶心之体，有善有恶意之动的心学”，有越出这个悖论的藩篱约束冲动。但是，笛卡尔和王阳明仍未解决越出藩篱之后的去处，也没有建立作为第五个层次的救赎系统。王阳明把“意之动”导引到“致良知”上，但是，“致良知”却依旧归于“隐恶扬善”的人文性教化，王阳明“良知”天赋化；把善恶的选择交给了“良知”和“知行合一”的人文体系来教化。这种立意“心学”的结果却是让人对社会现状的适应性加强，从而导致更深入的内心纵深自观的唯心世界。内观的纵深并不能解决群居之间的生存人文关系问题，只会强化个人心性对当下境况的适应性，从而在坠入更加纠结的个体心性救赎体系与现实的处境矛盾之中，最终都会以逃避现实的方式而获得解脱——逃脱生存方式人文关系的语境，走向出世才能保持心性体系的自我一致性救赎效果。

姜太公言："水至深者，鱼生之，情也。情至深者，事之极也。"这句话既有太公的天道观，也有他的人文观。这个情不仅仅是爱情，而是人的七情六欲，也是与天地万物之间的相互感知和人文生发的本源。在迷失道统的时期，"真、善、美"的三个次第也会出现崩溃效应。按照人文精神的解读，这三个次第是：一是动物性次第（原始人性）；二是群居关系形成的自觉意识的次第（历史形成的人类潜意识，带有自我满足而遵守群体规则意识色彩的自我真）；三是化性起伪隐恶扬善的次第（王化之后的人文性），这个次第是人类积累的高级智慧而设计出来开始弱化动物性"真"的一个人文教化意义上人的"伪性"人文。老子以客观的态度说："美之为美斯恶矣"，善恶相随相伴。中国的人文精神旨在把善恶的演变在人文教化之下形成"恶阴"而"善阳"的格局里。由于国家政权意志层面体系的介入和引用，"恶阴善阳"的初衷却在捆绑了阶级次第之后与信仰的第一个层次形成了悖论。当它试图作为第五个层次的救赎体系对第一个层次进行叠加的时候，发现人性的自我救赎在人文性救赎体系面前会形成一个更大的精神悖论——人文救赎的自我放弃。除此之外，在人类文明的历史当中，数千年"隐恶不止"却善恶相随，是因为人文体系除了僭越了客观天道的意识形态作为主流人文体系之外，仍有庞大"隐性状态"下生发的政权认可之外的非主流人文体系。这个体系是隐蔽存在的礼乐框架精神的"客观天道"的理论附庸。它就是深植于人心中的客观天道的纠正之力。

在丧失道统的时代，无论是自我修正还是选择性的依附于宗教或某一体系，都要尊崇两个原则。其一是对其他"一致性的系统心理依据"的排斥性（上一章中阐述过儒家的特殊性）。其二是对此体系的自我守持性。这种一致性系统的救赎就是从排斥其他系统的掺杂中获得的。唯有系统的一致性形成认知的思维循环，才会获得因一致性所带来的安乐。否则，就会失去一致性系统救赎的意义。在宗教（佛教）的一致性系统里，为了维护其系统的一致性并形成其群体的卡里斯玛效应而设置了众多戒持与修行法门。甚至为了达到其尊崇的修行（无念）效果而食素（并且把带有刺激性素食也位列其中）。尽管对其皈依弟子（不同层级）进行系统的守持戒律，这个戒律除了塑造其一致性系统的卡里斯玛效应之外，更是其一致性系统的必要部分。任何“一致性的系统心理依据”体系都会在人格和生死观等之上构建超脱救赎体系，其意旨就是救赎那些被该体系排斥在外的不能得。一旦我们所守持的体系被其他体系打破并使得“心理依据系统失去一致性”，就会进入“实用主义”的依据状态。这种状态下，最有说服力的是人性的第一层面的“真实”。动物性的真实诉求就会被夸大，并与杂存的其他人文意义上的“一致性体系”形成冲突和选择矛盾。

对于今天之中国而言，这是时代命题。身处于此，我们在沉沦中寻找自我救赎。自我救赎于此时，却生发出复杂而多样的层面及途径。可笑的是，我们在渴望救赎的同时，却并不甘心舍弃人文意义上所摒弃的动物性之“真实”欲望。“理性是激情的奴隶”的断言，是立于第一个层面的动物性之理性，并非中国意义上的人文理性。在中国“客观天道”下的天人合一的人文精神里，已经把人文性的理性凌驾于动物性的理性之上了。殊不知，我们渴求的救赎情绪是对群居文明的渴望与默认。但是，人性第一层面的“真”是个人主义的诉求。可见，丧失道统之后的人文祈求与救赎之间就是个大悖论。这是个体与群居集体的永恒矛盾，这也是“文化”的意旨。渴望被救赎的不能得到满足，恰恰被救赎是因为放弃了“真实”所求，我们于放弃中得到安乐。

在寻求救赎的过程中，越浅薄越容易获得自我救赎，越坚强越要纵深于痛苦之中。这也是中国哲学中的“返璞归真”之境界（纵深后得到的大道总结系统）与浅薄者简单快乐之安乐的差别。但是，对中国古圣而言，这种浅薄者之安乐状态却是其治世理想（民风淳厚）。当然，这是此世与古时最大的差别。因为以前能识文者皆为精英阶层（治世阶层），普通百姓是不需要接受“思想”启迪教育的。今天的知识教育普及化是造成群体心性救赎的重要原因。正因此，全民化的心灵救赎就不在是那么简单的获得。这种“不简单”的主要原因不是源自于知识教育，而是思想启迪。很多种简单的安乐来得很一致，往往于重复单一的生活中得来，比如运动员、士兵、手工业工人等等。他们于系统而单一的生活内容和规律中很容易得到安乐和幸福。这不是其职业本身带来的，而是其劳动的注意力专注（放弃更多的思考）和生活的简单规律性带来的。我们经常会羡慕和疑惑于贫穷之中的幸福，就是因为他们的简单系统带来的安乐所致。

随着知识分子的增加和体力劳动向脑力劳动的转换，使得失去简单生活规律的人群越来越多，这就是最难获得自我救赎的部分人群。在大都市的建设中，这类人群会随之增加，并且会成为未来城镇化的（城市居民）的主流人群。当一个女性越早成家生子，并且安于主妇的角色（当然不包括其夫的不贤造成的感情破裂，比如出轨、赌博、懒惰等）就越能得到主妇的角色之安乐。这是她获得了上面说的生活之简单规律系统所致。很可悲，中国的现状是破坏了这种获得“作为家庭重要一极”的妻子简单安乐的权力，因为全民都要参与经济建设中去——工作。这方面的意识，日本和韩国都是很清楚的，很具有借鉴意义。这是家庭救赎个体的重要法门之一。一切救赎方式都是带有不同程度的自我欺骗和思考力的放弃。正因为这样，越早进入简单规律的生活角色中越容易得到救赎。越早，人心也越单纯，也就越容易自我满足。

我们总是于不平中选择独立和沉沦，所谓的“自由”是在放弃简单救赎中寻求更高的救赎途径。虽然这种祈求的过程充满了未知和不安，似乎又充满了某种魔力。这种魔力来源于第一层面的“真实”之潜意识欲望和思考力的探索精神。我们于此，痛并快乐着。我们总是对这种简单的安宁嗤之以鼻，却忘了自己的阶段性的自我欺骗。不同的“次圆满”阶段拥有着不同程度的简单和自我欺骗（由于疲倦或者叫放弃高级次圆满的探索），比如我们会在短暂的娱乐中获得安宁（专注娱乐而放弃思考力）。在兴趣中陶冶情操，其实是为了获得这种简单快乐的专注力。就为了获得简单安乐而言，兴趣不在于高雅与否，而在于获得专注力。人之所以沉醉于某一种兴趣之中，因为体会到了并乐于接受这种专注的安乐。在更高阶的自我欺骗中，人会选择系统的实用性。这也是世人停滞于物质和现实中而放弃思考力和探索精神的重大转折。对于高阶心灵救赎的不可得，让他们选择了救赎的另一条明确坦途——人性的原始需求。正因为第五个层次的“一致性的系统心理依据”系统的崩溃，使得我们在寻求更高阶的心灵救赎之路上戛然而止。这时，对于相对“坚强者”而言，自我欺骗的不可能性给我们带来了巨大的不安和迷惑。圣人之言和任何宗教之言，于此时都会失去其教化之力（人文冲突）。尽管于现实中会犹豫纠结，在没有得到终极救赎之前，我们仍然会选择现实。这种纠结是来自于我们对人文性关怀的渴望。我们于实用主义中获得安全感和自欺的安宁，于人性的原始需求与人文性的冲突中纠结痛苦。

当大部分人妥协于实用主义的时候，仍然有部分人坚强的坚持着对“天道”的探索与守护，这也是自由意志时代的人文自由和必然。在人文主义运动以来，人文主义的救赎尝试也影响了世界和中国。莎士比亚的“哈姆雷特式的死亡之死”正是人文主义救赎体系的“意识形态”对“隐性状态”的僭越所造成的神性缺失所致。在宋庄居住期间，我结识了一位诗人——卧夫。他在诗中说：“初生是人，异化为狗，落荒成狼。”在其离世之后重读这句话，令我无限感慨。此话正是其一生精神的总结。正是因为他的坚强精神而拒绝低阶自欺，于人世体悟了更多的心灵之苦。这种体悟过程也是他寻求高阶救赎的过程。在道德伦理救赎体系崩溃的今天，人文主义的自由意志成了自由的孤魂，迷茫而无处安放。在其诗作中经常看到关于对母爱的渴望，与其说是对母爱的渴望，不如说是对心灵救赎的归属和温暖感（人文关怀）的诉求，那是人文的共同情怀之精神。这种纯粹的天道向往和坚守，也只有在诗人身上能得到更明显的群体体现。不管超越于生存之物质束缚与否，在这个时代的救赎之路已经不可得。而于当下，仕途（为天地立心而治国平天下）之不可得，我们却于生活之情感中寻求人格之致美。这种孤独中的守护令其对温暖（人文关怀）和归属感产生了巨大的渴求。越纯粹越高阶，这种渴求之愿力就越强烈。对于一个有着自由意志下纯美及高尚追求的诗人而言，在拒绝自我欺骗式的安慰过程中也会进行选择性自我欺骗。那么，这个途径不会是一种手艺活，也不会是一种简单的娱乐发泄。他们往往都会选择爱情来自我欺骗（这也是莎士比亚等文学巨匠们试图建立的救赎途径），直到厌烦和不可忍受于这种自我欺骗。他们进而试图寻找不同的情感体验，当所有的情感体验都综合成一种失望认知之后，这种选择性自我欺骗的方式就破灭了，最终都以哈姆雷特的方式结束。因为一旦承认这最后的心灵救赎之路破灭，就会让他们面临生命的终极意义问题。对终极意义的思考，于自由意志者而言是伴其一生的课题。正因他们早就得出这个问题的结果，而显现出在面对这个终极问题上的逃避性。在逃避到直面的过程中，他们自我欺骗式的希望得到救赎。当最终放弃自我欺骗的时刻，诗人善于应用潜意识的自我塑造方式对已有的生活状态进行破坏和否定。潜意识自我塑造之力源自于对纯善天道的守护和超脱之渴望，其坚持执着之情而形成对爱人以及生活环境的苛求，于苛求不得中暗示自己放弃爱情的救赎。不是他们不够聪明和失去维护的能力，这是一种坚守的潜意识中对纯善天道的守护和探索精神。直面死亡，需要莫大的勇气。这种勇气来源于潜意识塑造带来的巨大悲痛之力，他们都会由这种塑造的潜意识左右着环境及爱人的情绪，来共同营造这种诞生巨大悲痛和绝望的语境。当代诗人之共性是——他们大多数选择了爱情作为其魔种的移植。顾城、海子、卧夫都是于自我营造这种意境中获得自杀的勇气和状态。曾经和卧夫谈论过顾城和海子的自杀方式，那时也仅仅是谈论，没意识到这是他“蓄谋已久”的选择。他说：“如果还是选择他们一样的方式去面对终极问题，会遭到世人更多的误解和轻蔑。”当然，他不是在乎世人的评价，这是因为从其精心策划的死亡方式中得到了解答。在长期的勇气和方式选择上的酝酿之后，他选择了于山中裸体绝食而亡。为了不因缺水而亡，身边还带有矿泉水。那是四月的北京荒山，饥寒交迫与环境的恶劣之中等待生命耗尽。用这种方式结束生命，他想告诉我们什么？在此之前，卧夫是一家连锁酒店的股东，并且把买的别墅刚刚装修好。任何人，如若不是守护某种纯粹都不至于因贫穷而自杀，包括顾城和海子以及其他诗人们。正如艺术家王铁琼所言：死亡并不高尚，活着更加卑微。于卧夫的方式中，我们渐渐可以体悟其涅槃的教化意义。只是这种教化意义因为具有人文纯粹精神的普遍性而失去了相应的影响力，更是自由意志群体救赎缺失的苍白亡灵。他是想通过其死亡方式来强调其对人文纯美天道的守护精神，并且渴望更多的人群于此中体悟到其用生命守护的人文关怀的意义，某种意义上说，是在渴求道德伦理的人文救赎。他用魔性的历程完成了一个令其生命得以自我升华和救赎的光辉途径，这是于自由意志狼性之孤独中坚守人格尊严的人生历程。他们在麻木与自我欺骗式的救赎中选择了逃离。

除了诗人中部分极端纯粹的逃离方式之外，还有很多种选择性的逃离方式。这种逃离的诉求本来就具有普遍性，也是自由意志的坚持，于职业文艺者来说其方式更明显和容易觉察。由于其人文性的相对纯粹和境界追求等，而容易进入一种对纯美意境强烈向往的状态中去（渴望被救赎）。这种现象在画家村里随处可见，他们并不是对富足生活的拒绝，而是需要拥有一片自我设置的逃离空间。他们在坚守着这片天空而排斥性（逃避的意味）的拒绝以其他方式获得财富和成就。他们在自己的天空里嬉笑怒骂，痛并快乐着，以群体的自由意志上演了《唐吉诃德》式的悲壮坚持。

古圣先哲，尽管洞察了一切大至浩瀚宇宙，小至微弱蜉蝣，仍然也只不过是个苍白的历史过客！看似能量的念力，岂非无为的必然？那些曾通天地之气的智者，依然如星般殒落！人还是几千年一样的人，天也还是那个天，远古也许还更远古，否则怎么几千年未变？所知的“神圣”依然不知疲倦地与每代人重复着言辞，几千年都没离开过善恶演变的主题。“知”是最大的罪恶，无知、无思、无欲、无惧、无存、无生、无死、无空、无色。人类的智者一直在努力地为我们编故事，让我们在本来空无的世界里感觉到真实的存在感；让我们的存在得到自欺欺人的救赎意义。圣人们一直勇敢地面对不寒而栗的真实死亡虚无真相，却还在努力地编织着我们快乐幸福的生活，这就是圣人得道之后的自我救赎方式。释迦牟尼及其门徒们建立了无上佛法体系满含慈悲之情来普渡众生；耶稣以十字架上的残躯来唤醒世人之爱；老子以隐遁的方式上演了一场超脱逍遥的避世解脱心态。若说他们都是在救赎世人的心灵之苦，唯有孔子却以入世之情怀去救赎世人之存世之苦，这也是儒门与宗教的差别根源之一。圣人的救赎就是救赎本身，直面虚空，返情众生。

翻看中国文学史，从楚辞—汉赋—唐诗—宋词—元曲—明清小说的流变中，看出了由原始人文心性向人文奴化的痕迹。驯化的过程把人心逐渐“王化文饰”，这也是孔子说的“文质彬彬”的状态。儒家文明的发展过程是附庸于礼乐框架体系由简入繁的过程；也是“天道”之公由道统入心性之微的过程。然而，在“天道及礼乐体系崩溃”的时期，人文的教化之力会大大减弱。一是“客观天道”的纠正之力在起作用；二是人性的原始情感在起作用；三是儒家文明（孔子悖论式的理想）的大同意旨在救赎着人们的期待情绪。这种对“大同”基因式的渴望情感会在时代的逆境中爆发，而这种基因式的情感被演化成了我们民族潜意识里的“乡愁”。经过历代文人的心性文饰变化，变成了一种“田园”式的向往精神。《桃花源记》一文所描述的场景何其“大同”，那是农业文明时代的大同场景描述。陶渊明的“采菊东篱下，悠然见南山”也是这个“大同”基因的表征。表面上看起来是一种文人的向往和超脱，事实是因为对“大同之世”生活场景的渴盼而生的一种归属感。他们于俗世的沉沦中期待救赎，救赎那最深层次的灵魂归属（文人理想）。文人的田园情节有异于“隐士”，“隐士”是某一群体的生存方式的选择，而不是感情救赎的渴望。陶渊明的田园是于救赎之不可得中而择居于南山下，文人于不可得中而寄情诗画。正如席慕蓉的诗：“乡愁是一支清远的笛，总是在有月亮的晚上响起。”我们对故乡的情感总是被我们深植的“大同基因”所夸大。因为我们的故乡并不是一支清远的笛，也不会总是在有月亮的晚上响起。当我们真正回到故乡就会被现实刺破这种夸大的“大同基因”之情感。我们深深眷恋的乡愁情结不是故乡本身；不是邻里本身；不是故乡的生活本身；也不是儿时的伙伴本身；而是我们自我虚构的一个“大同”式的场景。我们用这个场景欺骗着自己来救赎还未归属的灵魂，我们总是用此来隐藏我们对“大同之世”的真实渴望。

# 第九章　流变之妖

西方破除了宗教神性的国家礼乐框架体系附庸地位之后，至今都未重新树立道统人文体系。人文主义运动所带来的无一不是没有“客观性道统”统领的意识形态流变。政教一体的瓦解，让宗教处在国家礼乐框架体系的神性边缘化救赎体系的地位。这样行不成神性的第五个层次向前四个层次的叠加效应。所以使一切道德伦理救赎体系都是失去了道统，让道德伦理体系处在了“中道”对“元道”次第僭越的尴尬状态；笛卡尔及王阳明等的心性努力仅仅是第一个层次的人文心性自我救赎，也形不成第五个层次的叠加效应。正因为其五个层次的理论次第不完善，而形不成对国家礼乐框架体系的附庸关系。

“科学”是作为突破和假设世界观的一门学科而诞生的。一方面，科学理性在科技成果上的不断突破而加强了唯物主义的理论基础；另一方面，科学“理性”的成果促成了资本主义精神肆无忌惮的冲击了人文理性道统。把市场原始精神、科学理性精神、政治体制秩序精神、宗教救赎精神四者囊括于人文理性之下（客观道统），才是自由意志时代所需要的“天道道统”。

对于生命，你非得扩展到宇宙去说真话，生命的意义依然会回到生活本身，因为目前还没有“真话”的答案！人类自我假设的生命意义，这也是人文的意义。对于生活，幸福本来面目就是不同程度的适应，这跟我们思考的精神背道而驰。在真相面前，科学让我们惨淡的直面一切。科学正血淋淋的刺破千万年以来的人文体系，让我们迈向真知却惶恐的未来。市场经济体制的普世化过程中，人类正在遗忘一直追寻的梦想。扩张、竞争、消耗、疲倦、浮躁、狂热、逐利、战争、信仰迷失、水深火热、永不安宁，人类本来可以不用这样生存。如果非要站在科学理性的立场去预言，我们都不敢承认这样的前景。因为科技的发展，在不断冲淡人文的意义，甚至冲淡人的意义。

从以物易物到货币流通，再到金融资本的反置时代，这与群居之愿望是否背离？

我们进入了商业文明时代，商业文明意识形态在国家意识形态之外自由多元，并在政治角色的群居关系基础上重塑了“商业集群关系”。在世界性资本主义新秩序下，“第三个层次”的一致性体系形成了反置于“第五个层次”的新格局。当然，这不是第三个层次的力量所能办到的，而是我们进入了与资本主义精神共同附庸于国家礼乐框架体系的历史时代（日本明治维新时期的涩泽荣一这方面意识很强）。相比于农业文明时代，群居文明却生发出了另一个礼乐框架体系的附庸者——资本文明。资本文明时代的开启，预示着原始“天道”与原始“礼乐框架精神”被固化和隐蔽。资本主义文明的经济主导超越于原始的群体利益表现形式（农业文明时代的农业与天地相关的必然属性），它不仅仅附庸于该次第的礼乐框架体系，而且能反置区域和国家礼乐框架体系。商业的资本力量不可否认的可以重塑卡里斯玛效应于商业文明礼乐框架内的加持力。不仅如此，在原始天道被固化和隐蔽的前提下，资本的力量可以附庸于礼乐框架而重塑自由多元的“伪性天道”，它可以超脱于农业文明时代对天地规律的绝对依赖关系。于农业文明时代而言，儒家为其生存方式的塑造历经了近两千年的演变。而于商业文明而言，其文明的塑造意旨已经超越于生存方式的基础了，进入了一个消费方式的塑造时代。立于生存方式为前提基础之上，消费方式的塑造无疑是群体文明的主要表征。如果说商战的最高境界是品牌的塑造，那么品牌却是“伪性天道”的代言者。中国品牌的塑造之羸弱就在于其并未把品牌运作提高到“礼乐框架精神”与“伪性天道”的系统高度上，去实行与“生活方式”同等级别的“消费方式”体系的大策划。这是高度的差别，也是群体成熟度的差别，不仅仅是创意的差别。

原始“道统观”的“隐性状态”从第五个层次的国家意识形态体系到科学理性、人文意识形态僭越体系、资本主义、商业文明各个领域似乎都已经找不到神性的存在了。唯有宗教体系之内还尴尬地信奉着他们的神。人文主义者们试图从文学、诗歌、艺术等领域找到可以解救他们的救赎期待情绪，但是，没有附庸礼乐框架体系的神性叙事都是沉沦者的祈求，并不能获得救赎，更不能构成大众救赎体系。在没有“客观天道”作为道统的一切人文体系都是迷失的孩子，终将面临“死亡之死”的救赎缺失，要么与死神直面，要么叛逃到宗教之神的庇佑之下。试图从艺术、文学、诗歌等中获得救赎途径，事实是事与愿违，这造成了意识形态更加混乱的“众神狂欢”的人文状态。而且从文艺复兴以来的人文主义思潮下的文学艺术诗歌等都在妖异中流变，越是试图救赎，越是媚俗。

中国古圣对雅乐的定义是——中正之音。在孔子的愿望（或者叫理想）原点中我们知道，他的终极意旨是大同之世。大同之世的轴心是“天下为公”，“公”的意旨不仅仅是分配体制上的有形之公，更是“王化”体系的心性轴心——无形之公。我们把“中”换成“公”来理解就更容易进入体悟。“公”的可能性就是摒弃对“私”的倾斜。一种审美或音乐，使之适用于所有人而不为某个人或者某部分人之心灵触动。只要“有”了某种心性属性就会在一定程度上产生“私”（某个人或者某群人）的倾斜。也就是说，怎么样使雅乐停留在“无名”的状态就是“公”的状态，也是“中”的状态。但是，这种“天下为公”的天下范围是有界定的。天子之“公”是针对全天下群体之公，所以其适用范围是全天下的。然而诸侯之“公”却限于本国之内。中国传统中的人文审美情趣无疑是以“大庄严”为宗的。我们再从《诗经》的架构来看“王化”之“乐”的体系，整部《诗经》都是一个从帝都到诸侯国地方的“雅乐的人文体系”。风、雅、颂都是孔子按照其“王化之雅”的审美标准来删减的，只是在其用途上体现了不同的名称。如果《乐经》还留存于世，把其与《诗经》《礼记》配合起来就会有了曲、词、场景。这是孔子为构建华夏之审美体系而策划的“形而上”道的标准和导向。从《小雅》和《大雅》的内容我们可以看到其差别，《大雅》的功用是诸侯国内的贵族涉及上层建筑层面的“乐”，其“乐”具有诸侯国层面情感导向至高无上的王化意义，而《小雅》是贵族生活状态情感之“乐”，是体现审美导向和民风情感宣泄方式（王化的审美标杆意义）之乐。《颂》是针对祭祀等大礼活动时的王化之文风，这是至高无上的审美体系统领。这从孔子删编《诗经》之《风》《雅》《颂》的顺序上可以看出，为什么是由下而上，而不是由上而下的结构。因为他要统合天下之“公”，使之达到“中”的状态就必须要从土壤中归纳和获得平衡的依据，他想用这种逻辑关系突出其“大同”之世是源自天地规律之“天道”民本思想。那么再看《国风》，他构建了诸侯国区域意义上的民俗审美之风的“形而上”导向，却是真切的源自于民俗之中的归纳。尽管他已经不等于后期的民俗之“乐”，但是，她与民俗一起构建了区域性的民俗之风，并且使之与“王化”之意旨形成关联。华夏谓之礼乐之邦，正是于此处见其泱泱之大也。由于儒家的系统的道统归纳，使得中国的雅乐标准有异于西方，西方雅乐的古典艺术都是源自于宫廷艺术，加上文艺复兴之后的艺术都是政治关联的延伸。也就是说，唯有中国对雅乐有明确的心性体系的准则：《中庸》对“中”的明确阐释——喜怒哀乐之未发谓之中，发而皆中节谓之和。对于乐的情绪化调动功能在《中庸》篇能看到明确的界定。儒家倡导的雅乐，其核心标准在“中和”，从而实现“乐和情”的功能化。

“乐”的流变相比于道德而言，既相关，又独立。也就是说任何时代都有善、恶与是、非，而王化思想的崩溃却表征于礼乐体系的失序。善恶是属于“天道”的心性体系，而“礼乐”却是框架体系。两者具有必然的关系，但不是一个话题。

当第五个层次的“一致性的系统心理依据”崩溃之后，就体现孔子所说的“礼崩乐坏”的状态，也就是儒家所附庸的显像之“礼乐框架体系”的崩盘。人文之情（心性救赎的诉求）就会随着崩盘的过程发生流变，直至流变到群体于苦难（心性救赎之不可得）中觉醒，从而形成共识。这也是另一个盛世的开始。这种转折伴随着战争和动乱，历史却总是这样循环往复的前进着。也只有在这种觉醒中形成综合的卡里斯玛效应而赋予某部分人群之号召力，从而去推动历史的进程。

古圣之所以以“乐”来综合审美体系的形而上，这也是王化“文心”的方法论之一。心性的流变是由公（中）—各群体之私—个人之情私—心性救赎之私—个体与群体的矛盾激化—共识的形成。这个过程需要完成的时间不需要很长。我们看看现代之中国，从影视文化之一面来分析其流变过程。统观影视作品于时代之变化中所体现的流变趋势，我们很清晰地看到其两种特性，一是心性的繁微趋势，越来越触动人心更加细腻的内心诉求（天道崩溃中对天道之思考力的自我放弃所致，而专注于自我）；二是由此生成的救赎层级的低阶趋势。直至低阶到自我厌恶而形成共识（越是试图救赎，越是媚俗的必然过程）。因为人渴望更早的得到救赎机会，而倾向于放弃思考力。为了迎合这种群体救赎心理，作为实用主义下的人文就会采取“媚情”的倾向而博得认同，使得高雅文化失去生存土壤，从而形成雅与俗的逐渐分离，分离成向而往之的精神寄托，束之高阁（这也是当下卫道士们被群体远离或仰望和自我神话的原因）。并于此离群索居，失落感慨（这部分人的远离自然形成一个“形而上化”的群体——让人们敬而远之，如上面说的诗人、艺术家、“行为怪异者”、所谓愤青者）。而且还会形成一种因不可得而群体排斥的自惭心理。这也是一种自我欺骗的状态，这种状态下的人们沉沦于放纵的自我欺骗中，无所守持。其所守持的体系越来越碎片化，促使个体与群居的矛盾加剧。时代流变之“妖”，从天道崩溃开始，而后至显像之礼乐，再到人心，最后改变了心性，心性由此进入了一个妖媚的状态，风骨不存，其音失“中”。我们却习惯于此，妖艳中而不知其邪佞。因为这些繁微的流变之“妖”可以安慰我们此时渴望救赎的孤苦之心，并于此种沉醉中生发灿烂的妖艳之美。我们在不舍的救赎中沉沦着，以一种无奈的状态看着自己疯狂的灿烂而亡。人类文明的趋势以不可逆转的趋势走向繁微的过程，尽管每次都会自我调整至“中正”的状态，每一次调整之后也是由简入繁入微的升级。这也是人类文明正以螺旋式的方式前进的必然。

情绪的流变，正是自由意志下的终极救赎之不可得的精神堕落必然。这就预示着，仅仅通过构建雅文化的精神领地也远远不够，这是个系统的人文理性体系。冥冥之中，又有资本主义精神的绑架之力，扭曲了人文的理性。

我们在破除王权和神权的道路上迷失了“隐性状态”的道统统领，面对“死亡之死”，依然要回归神性的救赎。我们需要一个神性国度，来安放迷失的人类之灵。

# 第十章　人文涅槃

西学东渐的过程中，中国部分学者在窥见人文主义的“道统”缺失的状态下，一直试图从中国传统文化中找到一条符合时代精神的古为今用的道统体系。众多的“国学”著述中，并没有找到解决儒家礼制秩序精神与民主时代秩序精神相矛盾的解决方向。大部分仍处在第一个层次“行为的一致性系统心理依据”的心性体系的重建努力中。秦汉之后的中国文明，是以儒家为主干所构建的生活和生产方式及社会结构等文明表征。儒家与各区域风俗体系共同构建了中国民族性特色的生存方式。民族性的根本差别并不是原始天道的差别，而是图腾群居习惯延续下来经过教化之后的民俗体系。既与意识形态差异有关；和礼乐框架精神下构建的“一致性的系统心理依据”体系有关；又与其族群长期教化之后的群居人文的体系塑造有关。各种意识形态的僭越在人与人类社会中承担的功能角色和教化引领人走向精神终极的方式上存在差别。这种差别会被物化成各民族的生存方式，这种生存方式的差别就是“国学”（形而上和形而下的综合体系）。在“天道之德”的形而上体系为统领下所构建的礼乐框架体系及民俗体系，以及为王化（天道）而设计的卡里斯玛效应塑造系统才是一个综合的“国学”概念。由这个综合体系所具象出来的生存方式就是民族性的差别和群居共享价值观（天道）的守护体系。也只有以被具象出来的“生存方式”为器道，才能从古今中外中吸纳和扬弃各种与时代相结合的优秀文化（新风俗体系）。

我们在对传统的传承和中西文化糅合的道路上一直讨论摸索了近百年。以儒家文明为基础框架构建的中国生存方式，在当今状态下面临了大变局。此变局既有“天道”之变，也有时代“中道”之变——农业文明时代到商业文明的更替。区域族群体系的变迁和城镇化进程都打破了我们的传统生存方式；打破了所有人文方式；打破了人与人、天、地的人文关系。不仅仅是中国，世界性的面临新文明时代的洗礼，都存在不同程度上的面临“综合体系”重建的课题。这是个大时代，是人文整体升级的时代。依然是礼、乐文化框架精神为“天道之德”之体；依然要用到礼、乐框架及民俗体系构建群居人文之“一致性的系统心理依据”；并且朝着大同之世迈进。未来之礼、乐文化框架之尊位必然会回到人文之初，破除四千年以来之“悖论”。使得群居集群之行政体系后于卡里斯玛效应而形成礼、乐框架之尊位。

当下的都市化规模建设也是受经济导向左右的。也就是说，都市化的扩张趋势违背了群居人文精神，群居的人文意旨被经济导向胁迫了。原始群居的构成是依据天地规律而形成的群居生存方式，都市化（不否认适当规模的城镇化，而都市化却是大规模的城市集群）却违背了天地精神。人群的高度集中，使得生存资源的本地化枯竭与远距离输送的必然，是当今生存环境恶化的重要原因。我们也许会归结于工业化污染治理的不作为导致环境污染，事实是都市化的群居方式决定了生存环境和人文环境恶化的必然。资本主义导向的都市化为了其生存方式的可延续性，从而不断寻找可以掠夺的资源，这种掠夺和侵略特性是其生存方式的特质。

这跟资本主义“不进则退”的竞争性胁迫相关；和都市化资产的“经济体量”的扩张进入国际战略竞争性胁迫相关；也跟资本“理性”的逐利特性（生产过剩的特性）相关；还因为都市化和科技的发展而产生了资本的另一种经济形式——虚拟经济相关。这种生存方式的发展是系统被经济胁迫下产生的。于世界大局势中，我们很难置身其外了。内循环经济是个半封闭式的生存模式。只要有侵略性群体的存在，就不能相安无事的独善其身。面对这样的世界大局势，我们只能寻找一条可以实践打破经济胁迫的群居生存方式，回归人类的集体初衷——和谐共存的生存状态。

由于都市化的进程，群居生存方式中的群居生产与群居生活发生了严重分离。生产集群与生活集群的分离化，使得人文系统的不可塑性大大增强。群居中“天德”者的卡里斯玛效应是从集体生产中得来，而于集体生活中体现。群居文化的特性也是如此，于生产中得来，于生活中体现。这使得都市化群居方式中“天德”者失去了其产生的土壤，这也是当下传承“天人合一”思想的最大困局之一。这也是对产业集群生产面与产业集群中人的生活面高度统一的要求。只有这样，王化的意旨才能打通其贯通渠道，也才能由下而上的生成礼乐框架精神和卡里斯玛效应。这更是“安居乐业”的前提。于每年的返乡潮中，人们正在承受不可言说的流离之苦。都市化又要将我们的群居意旨偏离至何方？区域集群城镇化是科技进步的表征和对群居生活方式的改良，然而都市化却是显著的市场经济胁迫之产物。

目前的现状是，个体人的人文角色已经拥有了新的含义，或者叫两种属性：一是生活属性（国家意志层面的政治公民角色），二是工作属性（第二个层次的体系扩大后的商业文明中的经济体角色）。

在这两种属性中，我们暂且理解生活属性是以生活文化（受传统文化影响的植根于生活方式及人伦价值观中的文化）为主导的。而工作属性是以企业文化（市场经济体制下的文化价值观为导向形成的西方式价值体系）为主导的。

生活层面的价值观（即儒家文明为主导的“一致性的系统心理依据”）作用于工作中（商业文明）就会带来对企业文化的否定及惰性。人们在适应和接受企业文化的过程中会表现出迟钝和消极。因为一个讲仁义（儒家天道观念体系）的民族在面对直接现实的价值观（商业文明之“伪性天道”系统）蜕变是痛苦的。在这种情况下的价值观冲突，不仅仅表现在中西方价值观上的冲突，更是儒家文明与商业文明文化冲突下的尖锐矛盾。这个矛盾是此时代的主要特征，是农业文明向商业文明转化的历史阶段，再加上民主之天道的时代命题，令今天的中国文化错综复杂，相互交融，却难以肃清道统。

工作的价值观带入生活中就会带来对生活的怀疑及孤独，缺乏生存的归属感，带来巨大的人文冲突和人伦否定，形成一种渴望生活文化（即传统美德的人文关怀）的统一，希望得到家人、朋友、客户传统美德式的相待，又受着工作文化价值观导向的现实功利的私欲支配，从而形成不断渴望不断失望的怪圈。这是个永无休止的怪圈。这就是生活属性（公民）和工作属性（企业）两种属性的文化价值观不统一造成的社会恶果。周朝，在那个时代的生活属性（公民即周天子臣民）和工作属性（企业即诸侯国臣民）的价值取向——“礼”是相统一的。都是在天人合一思想下尊礼的，而行不同风俗（企业文化，也是产业集群群居后的商业文明）。

这也许是中国商业文明构建的突破口。怎么形成两种属性的文化相对统一，才能使人们的生活文化和工作文化相统一。从而提高两种属性的和谐结合，使得产业集群群体之心灵获得“一致性的系统心理依据”——归属感（获得安宁）。以“民主时代之天道”与商业文明之“伪性天道”双重附庸于礼乐框架，以此为本旨制定企业管理制度及企业文化，从而实现当下时代人文与商业文明的“一致性的系统心理依据”和谐系统的统一。

人文的发展就是群居文化的发展。儒家文明于生活面（民俗）是基于氏族自治体系和宗亲人伦生发体系两条主脉为框架来承载其忠孝之义理的（天道）。对于承载“天道”之上层建筑而言，民俗框架体系的构建是其形而下。中国在改革开放以来，近 40 年的发展中，城镇化的升级；家族的人口结构变化及迁徙都是破坏传统意义上民俗体系的重要因素。我们在经济、科技等领域都取得了巨大成就。但是，社会矛盾也在不断激化。城镇化进程改变了以往中国农业时代构建的社会人伦等的结构，而在新的城镇化中未形成相应的群居文化。当代具有明显的心灵漂泊感和整体浮躁的时代特征。主要原因是在新的城市生活中把固有的人文关系打破了，却并未建立相应的礼乐框架体系、民俗框架体系、群居之“一致性的系统心理依据”。

显然，当下的城镇化建设打破了以往的稳定生存方式，再者打破了以前的家族成员结构和亲族人伦关系。在城市化进程中，把人聚集在社区里，而没有建立相应的群居人伦关系。这就造成了城市群居生活中人心失去“一致性的系统心理依据”（一般意义上的失去信仰）。在家庭成员结构被打破的今天，宗族观念也在逐渐淡薄（也不可回归）。社会稳定于此来说，无非就是从“礼、乐框架”至国家层面“一致性的系统心理依据”体系的完善。既有上层建筑的层面，也有民俗之中道层面，然后自可生发“器道”（当下意义的文化概念）的繁荣，并且上、下的一致性可以保证系统的良性循环，使得器道的繁荣不但可以实现文化复兴，还可以为礼、乐之尊位形成综合的卡里斯玛效应提供塑造加持力。当然，这种城市构建模式，既有规划的失误，也是资本主义的生存方式导向所致。

任何人文时代，其群居的意义在于共同追求更加改良、安定的生存方式，这是人文的终极精神。此种安定方式由于“文饰入心，王化成性”人文时代的开启，已经超越之前的“身”（衣、食、住、行）安，而已升级为“心性之安”。所以，“一致性的系统心理依据”体系的构建要同时满足于这两方面的需求。对于农业文明的群居形式之消解而城镇化群居方式的主体化时代命题，一切人文构建都要依据这个命题而展开。这个时代的群居主要有以下几种方式：一是旧有农业文明所传承的并且有待于升级的群居方式（农村）；二是工业产业集群（城镇）；三是商业产业集群（城都）。由于生产力（科技）的发展，农业文明向工业与商业文明集群的过渡期基本完成。工业集群的既定事实，我们需要时间去改变格局。科技的进步为我们提供了新群居人文重建的可能，也是可以实现回归人文“天道”之原点的条件。城市文化（民俗）只要植根于人民的生活面，生活面必须以群居的安定为前提而生发群居人文（民俗）。而群居的前提是由建筑的规划、设计、礼乐框架体系、“一致性的系统心理依据”五个要素与“王化”至民俗构建意旨相统一；又与生产集群布局相统一。绝不是简单指建筑风格的创意和差异化。“礼、乐框架”是城市文化建设的主旨框架及承载体；是多元文化、艺术表现与服务于生活主旨统一的通道；是多元文化和谐繁荣发展的底板。

在全球化文化冲突的今天，只有在承载了多种文化并次第清晰的情况下，城市文化建设才能让多元丰富的文化艺术服务于城市建设（包括衣、食、住、行等的文化发展）和人民生活、生产中去（生发新民俗文化）。从而所提炼出体现民族精神的文化艺术才能渗透到城市生活的各个领域及产业中去。

城市规划及建筑装饰是民族文化的重要表达窗口，更是民族生存方式的具体体现。“环境影响人”是人所共知的事实。建筑装饰空间中的气场营造是“天道”形而下之器。它是影响国人数十年、几代人的心理暗示成长与塑造的场所。怎样理解并实施“文而化之”的礼、乐文化框架精神在文明建设上的运用，是中国礼、乐文化框架重构的重大课题。这是群居文化所共同追寻“天道”（身心安定）之“大器”，是一个国家民族的“天道”之载体。

“天道”之于城市规划及建筑装饰，不是简单的中国元素；不仅仅是形而下的“器”；更是“道”的实现；是空间中“道”的体系；是人文中的价值导向，是礼乐框架的构建；是“一致性的系统心理依据”的统一；更是“风”的体现、“雅”的提炼、“礼”的构建、“俗”的集成。雅、俗并不是指高低之分，而是礼、俗在社会结构中发生的角色分野。中国目前不缺民俗文化，是高雅文化的缺失，只有制定了雅乐体系，民俗之乐自然归宗而生发繁荣。

城市文化是什么？它不是文化产业，而是城市居民的集体思想凝聚与传承的符号。城市文化更应该是代表人民的生活面，而不仅仅是产业面，更多的是产业里人们的生产方式中自然生成的生活方式。城镇化下，城市文化与建筑文化将承载新“天道”之文明。将实体经济与地缘经济结合发展，实现生产（工作）与生活（安居）区域统一，这是实现人类群居文明的必经之路。数十年候鸟迁徙般的生存方式，对于华夏民族来说，是个莫大的苦难期。中国元素的应用仅仅在“器”的继承，而无道的弘扬，这就是道统的缺失，是天道之综合体系构建的缺失。空间物象的设计中仅仅停留在“形”的层面，艺术审美的层面，其文明都是无法立足世界的。掌握“藏礼于器”之精神的华夏文明精髓就能将我们的文明进行与时俱进的实践！

文化、艺术本来源自生活而服务于生活的。既然文化源于生活，我们的生活是指什么？对于城市而言应该是指各个产业。产业才是土壤，产业里有为之奋斗并为之喜怒哀乐的人。人在产业里感受抒发生活和创造乐趣。这里才有文化创新的人群和生活基础。围绕农业产业、工业产业、商业产业而构建群居生存方式，是群体救赎的根源。都市圈的建设属于商业布局层面，与群居生存方式的构建并不矛盾。但是，这里存在一个道统问题。是以群居精神为本还是以经济增长（市场经济驱动机制）为导向的都市化为本是评判“礼乐框架之尊位”（国家治理者）是否符合卡里斯玛原则的根本差别。一切不以群居之民众幸福为本的发展都是“悖论”，违背了人类孜孜以求的人文精神，其卡里斯玛效应必将消解。

# 第二卷　重构节点——三道同易

# 第一章　神性国度

“客观道统”只是人文精神对世界观隐匿之后“隐性状态”的一种客观态度。“隐性状态”的神性是一切人文精神的统领，是祭祀体系的原点。宗教用神捆绑了神性和礼乐框架体系而创造了宗教人文世界；儒家（董仲舒）用天子捆绑了神性和礼乐框架体系而创造了皇权人文世界。无论是东方还是西方，对文明源头的探索与表达一直在持续。哲学的原点也源自于对文明原点的叙事，只是东、西方发生了神性叙事的分野——西方拥有神权基因的神性叙事脉络，而中国却保持了客观性态度的“道”的神性元叙事正统。也就是说，神权基因的神性是形而上学和意识形态学产生的基础，就专门的学科而言，元道叙事不需要产生这两门学科。神权宗教的创世基因是意识形态僭越元道的源头，一切创世都是人的意志，也是神性元道的个人意志形而下化。这延续数百年的人文运动的动力都是来自于对意识形态束缚的突破冲动和对“元道神性”的探索本能。若说意识形态是“形而上学”，那么，“形而上学”也只是人文以内的事情。在人文之上的神性也就成了形而上之上的了。也只有这宇宙的本元是我们一直可以感知却无法表达，无法阐明，也是未来全人类一直努力所明确的真相。

中国儒家以《易经》为形而上，但是《易经》却已经是把神性本元格式化和态度化了，并未给我们直接答案。中国道家的老子在《道德经》里有过玄化的阐述，诸多对神性和宇宙本源的描述词语都是只可意会不可言传，这导致后来道教的产生和玄学的繁荣。“孔德之容，惟道是从。道之为物，惟恍惟惚。惚兮恍兮，其中有象；恍兮惚兮，其中有物。窈兮冥兮，其中有精；其精甚真，其中有信”。所谓“孔德”，是神性之德和感知“元道”生发万物的那种状态。老子和庄子说的“渊、冲、天府、道枢、莫若以明”都是为了阐述“元道”的那种状态，也就是“无名万物之始”的无名状态。道教以《道德经》为道统而生发了宗教体系，是因为《道德经》有对“隐性状态”的神性阐述。儒家虽然以《易经》为统领，却在孔子补充《易传》之后归纳于人文之德，所以，儒家没宗教基因。而《易经》本身却在独立于儒家体系之外构成了《玄学》等的道统。玄学与宗教补充了儒家的神位性缺失，同时运用礼乐框架体系的祭祀层次构建了皇权祭祀和贤圣祭祀、宗族祭祀体系的逐渐自我体系完善的过程。

孔子以《诗经》立儒家入世之境，通过文字的编辑而建立“风、雅、颂”的语境，从而完成“人文”与“隐性状态”的对接；又通过“颂”的递进次第与其他理论为基础的“人帝代天”仪式化的皇权合法性祭祀形成神性覆盖。这是儒家特色的人文理性精神——人格的圣神化过程，一切都以人文之用为中心而设置的理论体系。人文的原始精神却不会完全按照设置发展。屈原是中国第一个以文学诗歌形式系统的叩开了对天道求索途径，从此，奠定了文学诗性与神性的对接通道。在中国传统人文里，诗性的阐述方式于文学、艺术、建筑、服装等等都具有天地山水精神，这也得益于《易经》卜巫的天地规律原始归纳精神。与西方宗教之神位性有着本质的差别。

“隐性状态”是人文的原始客观状态，还需要对接人文系统构建的道统执行体系。宗教以神权创世说为道统执行体系原点，从而形成教义体系。儒家是以《易经》为原点，并经过孔子所作《易传》的补充而成立了人文之德的道统体系。当今文化重建的道统依然要回到《易经》的原点，仍需要效仿孔子的方法论，编撰传统道统部分理论。但是，要破除玄学和宗教对第五个层次体系构建的参与；破除唯心或者唯物主义对五个层次体系构建的参与；破除意识形态对第五个层次的体系构建的僭越。确立第五个层次的人文理性精神，以“客观道统”精神为统领来构建国家上层建筑体系；构建《易》的“科学理性”人文阐释体系和商业人文理性体系；除了保持对“隐性状态”的客观态度之外，把神性救赎交给区域文明构建体系——区域文明重建。在区域神性救赎体系自由构建之前，上层建筑层面要先塑造客观道统体系作为区域神性体系的理论基础。

“隐恶扬善”的悖论，源自于国家礼乐框架体系设置的阶级利益对立，它不是以维护一个阶级或团体而对另一个阶级或团体进行人文教化为出发点的。无集权专制统治阶级的国度，自然不存在历史周期律的问题，人民民主制度是历史周期律的最终解决方案，这是立宪民主制度的时代精神。但是，不是指以某一个团体为中心的民主。无阶级化和集权导向的卡里斯玛原则下产生的民主选举而形成的国家管理团队才是纯粹的民主选举。

尚善，是人文的原始精神。但是，“善”的标准会随着历史意识形态的流变而改变它的范畴。正因为“善”的标准可流变性，意识形态的僭越和流变才存在可能。这是哲学体系的原点——性体的立足点。若以《易经》作为回归道统的连接点，那么，下一步该健全第五个层次的卡里斯玛效应塑造的理论体系。卡里斯玛效应的体系与国家礼乐体系相随相生。国家礼乐体系有别于上层建筑，上层建筑是指包含意识形态在内的国家机器体系，而国家礼乐框架囊括了上层建筑与国家机器之外的五个层次的系统。国家机器所不能触及的领域，都在礼乐框架体系之内。因为国家机器是以意识形态的僭越为道统统领的，而能承载该意识形态之外的多元文明是礼乐框架体系的序位精神所能办到的。严格意义上讲，上层建筑也在礼乐框架体系之内，只是处在礼乐框架体系的国家机器的次第上。当意识形态的僭越与国家上层建筑形成国家机器，多元文明的存在土壤就会被挤压，甚至消亡。它无法给多元文明的存在提供独立空间。第五个层次的“行为的一致性系统心理依据”一旦缺乏礼乐框架体系的承载，仅仅依靠上层建筑体系，还会出现多元意识形态对国家意识形态道统的侵蚀（文化冲突）。从而促使第五个层次理论体系的“一致性”受到破坏，甚至崩溃。多元意识形态对国家意识形态的对立冲突并不是绝对矛盾，而是空间矛盾。空间矛盾的形成，是因为多元意识形态的存在空间没有礼乐框架体系来有序地承载造成的，而导致多元意识形态盲流，从而形成了对五个层次的全面冲突。

前面论述过境界“次圆满”梯阶“隐性状态”的相随性。五个层次的叠加效应和“隐性状态”的原始精神没有被礼乐框架体系统一于原始“道统观”之下，会出现个体救赎体系的崩溃，并会在全球化的今天产生第六个层次对第五个层次国家人文体系冲突。作为国家为单位的“行为的一致性系统心理依据”体系构建而言，所树立的原始“天道观”的神性礼乐框架系统是第五个层次的最高统领。“客观天道”的“隐性状态”和祭祀体系共同构成了国家人文礼乐框架体系的无冕之神。在唯物主义世界观下的无神性国度，会让五个层次的救赎体系所共有的“隐性状态”的神性道统全部缺席，使得我们在探寻世界真相的道路上成了既没有敬畏也没有希望的沉沦之魔。

在圣哲的皇皇巨著中，所告诫的警世恒言和修持的救赎体系，无一不是企图教化人文创世里的每一个角落，这是圣哲的奢望。在救赎的悖论中，说教言辞和律法都不能完全压制心性中的魔。语言和律法的刚性秩序规则怎么能完成那柔软之心的千变万化的情绪救赎呢？孔子言：“道之以政，齐之以刑，民免而无耻；道之以德，齐之以礼，有耻且格。”立宪所能解决的是政治体制的公共秩序而无法完成心性救赎。失去道统和礼乐框架秩序的文学、艺术、诗歌的自我救赎途径无非是增加了多元意识形态冲突中的角色，对第五个层次体系的构建并没有起到应有的作用。具有当代流派精神的艺术家们，恰恰给当下造成了更多地冲突和疑惑。让文学艺术回归区域文明的创世自由构建中去；丰富完善区域文明的“三道”体系；以“区域意识形态道统”为轴心；区域之外的公共文化以“客观天道”为统领的礼乐框架体系为依附。让“客观天道”道统之下的意识形态有序而自由；让文明的多元化得到发展和保护。

站在历史的角度，孔子的客观精神符合时代需要，也是天道常恒的法门之一。但是，阶级次第体系和皇权纲纪体系塑造是儒家的立足点。我们并不在意称谓什么，而儒家的客观精神态度是我们值得借鉴的。上文论述过儒家于时代需要而言的几点缺失：

一、儒家作为“皇权与礼乐框架体系尊位精神的反置体系”的卡里斯玛效应塑造体系，以保证皇权帝位永享卡里斯玛效应。这已经与时代形不成太大的冲突，儒家这方面的缺失应该是历史的缺失。孔子需要当下的入世之为，这是历史局限。尊崇《尚书》中礼乐框架体系最高尊位者的天德精神；尊崇“尧”的禅让精神；尊崇“天人合一”的天地精神。破除皇权下的卡里斯玛效应塑造体系。这是《尚书》带给我们的启示。

二、神性祭祀体系的皇权阶级化是儒家理论中《诗经》和《三礼》两部重要经典著作中完成的次第体系。我们要破除儒家神性祭祀在国家礼乐框架体系中由最高尊位的天子代言礼制体系和天子神性化的格局；拓宽神性祭祀的领域和途径。尊崇《诗经》和《礼记》的天地精神和秩序精神。

三、礼乐框架体系的皇权阶级化是皇权时代的局限，这是孔子的当下入世精神所决定的。我们破除《礼记》中的阶级次第关系；破除皇权阶级次第卡里斯玛效应的塑造体系。建立平等的礼乐秩序；建立立宪民主体制下礼乐框架尊位获得者的卡里斯玛效应的塑造体系；建立客观性人文的上层建筑礼乐体系和区域风俗体系秩序。

四、儒家于救赎中的悖论上来看，崇尚其“尊俗同礼”的精神，破除汉朝之后的儒家对区域风俗体系王化意旨的驯化体系。沿用礼乐体系在第五个层次上对第四个层次的“同礼精神”叠加，而不是覆盖。破除儒家《论语》之下伦理心性救赎体系的普世化价值体系。重建与时代精神相符的立宪民主选举制度的卡里斯玛效应理论体系，从而形成公平民主的政治伦理体系。完成心性救赎的区域风俗化文明体系构建。

五、儒家的卡里斯玛效应塑造体系除了《诗经》和《礼记》次第之外，和其他经典一起作为入世之为“士子”阶层的考试必读科目，是儒家作为教育体制与皇权阶级次第捆绑后卡里斯玛效应塑造的重要途径之一。我们要破除当下礼乐框架体系尊位者的考试制度和任命制度，而要健全选举制度。破除礼乐框架体系尊位者的知识教育途径，建立知识教育之上的“天道”传承体系，并使之与礼乐框架体系和祭祀体系形成一体。

六、儒家作为皇权礼乐框架体系附庸之后对区域风俗的教化意旨成了政权历史的惯性。我们要回归“尊俗同礼”的原始精神。重新塑造依据生产需要而形成的新群居区域文明。

七、废除三纲体系，变更五常义理。并且使新五常体系介入区域文明建设的叠加中。增加商业文明伦理体系。

八、重编易传，修改阶级等级部分，并且修改皇权等级下的《易传》义理，并增加科技理性和商业理性伦理部分。

九、重编《经、书》，使之适用于民主主义革命以来的国家政体。尊孔或者尊哪一位哲人和思想都有失偏颇，重编《经、书》的意义就是集百家之长而为时代所用。

《易经》是华夏文明中的群经之首，不仅在儒家中被尊为首位，《易经》在道家及其他学派的地位也是首位。从殷周时期开始，就有人对《易经》部分进行人文阐述，而于孔子时期成体系。一部占卜的书籍何以成为华夏文明的道统？并且形成了中国文明的准则——易理。因为论证《易经》的书籍很多，孔子的《易传》本身也有论证《易经》客观规律的道统合法性部分。《经》部分含卦象、卦辞、爻辞，这是占卜的部分。伏羲氏开始的八卦也是总结前人对天地规律归纳之后形成的占卜体系，仅仅依靠《经》部的客观性并不能作为华夏文明道统的体系，因为并未完成人文的系统构建。孔子继承了伏羲氏和文王《经》部的天地规律的归纳成果，并引申到人文体系的构建中。按照“三道的三分法”，《经》部是形而上的“元道”；“彖辞、象辞、文言”是“中道”；“系辞、说卦、序卦、杂卦”属于“器道”。儒家以《经》为元道而通过中道构建了一个华夏文明的“宿命”轨迹。这也是儒家从另一个层面完成了“隐性状态”的阐释——占卜（宿命论的根源）。在道统之下演变的华夏文明，一切人文演变都是有章可循的，占卜和预测的准确率是可以评估的。“乾卦，元、亨、利、贞”是最高统领，由“天道”的最高统领进入“地德”的坤卦：“坤，元亨，利牝马之贞。君子有攸往。先迷后得主，利。西南得朋。东北丧朋。安贞吉”。天地规律的合一——元亨利贞的精神合一。“牝马之贞”主生发之意，“先迷后得主等”是在建立人文的连接。第三卦为“屯卦”：“屯，元亨，利贞。勿用有攸往，利建侯”。屯卦是六十四卦的第三卦，完成了自“天、地”到人的合一过渡过程。从天的道统到地德的孕育承载，再到人文的萌芽生发，再到第四卦的“蒙卦”，生发之后的混沌状态，生之初始。六十四卦如此有序地构建了天地生发的人文框架，构成了一个跨时空的庞大“命盘”体系。正如乾卦的爻辞所言，其人文体系的卡里斯玛效应的塑造始于“元、亨、利、贞”，显于爻辞的君子守持体系——天行健，君子以自强不息。符合此等道统规律的君子就会获得“元、亨、利、贞”的卡里斯玛效应，也符合其原则，从而使得君子体系在道统的“大命盘里”获得卡里斯玛效应，并被礼乐框架体系所尊位。一切在此道统之下生发的人文秩序，都是符合“自强不息”精神的塑造原点的。同理，坤卦的“地势坤，君子以厚德载物”和其他卦象也是在不断补充“天、地、人”三才关系的卡里斯玛原则的体系。孔子及先圣们，借用《易经》构建了一个上承天道下化人文的客观天道体系，并且综合成道统的卡里斯玛原则的最高准则。它包罗万象，是人文之上的道统体系。一切与群居文明相关的文明构建都离不开《易经》的统领，由此开始了“天人合一”的“天、地、人”三才和谐共存的文明体系。一个现代化的神性国度，不是宗教创世说和意识形态僭越所能完成的人文体系。《易经》是不居而居其首，如乾卦用九所言：“见群龙无首，吉”。为首而不居，不居于权，不居于势，居于天道常恒之“无”。这是多元文明生发的前提，规避了“意识形态”的僭越。

科学的理性也应以天、地、人三才的和谐关系为根本，为群居精神服务，而不是驾驭或凌驾于人文道统精神之上。如前文所说，在世界真相并没有揭开之前，任何人类的努力都只是过程，不能违背群居生存的和谐精神。一切假设和文明体系都属于人文之内，并在人文理性的统领之下生发。

# 第二章　公祭精神

道教和佛教在秦汉之后参与了中国礼乐体系和区域风俗体系里神系的塑造。古希腊的神话到今天也仅仅成为神话而已，众神已经失去神位。神就是我们心中所渴望的救赎情绪，把未知的、惶惑的、脆弱、依靠等等需要救赎的情感深植在神系里。

无冕之神的“礼乐框架精神”源自于集体祭祀。在一个国度里，礼乐框架精神的祭祀对象是其文明的重要表征和原点。部落族群的图腾祭祀到皇权朝代的“天地”公祭，是礼乐框架体系的一次飞跃。公祭是客观道统为统领的礼乐框架精神的客观性保障；也是“隐性状态”阐释的原点。国度里的公祭精神，是第五个层次“行为的一致性系统心理依据”的体系原点，公祭的祭祀对象是该体系原点性质的分水岭。客观性道统之下以“天地”祭祀为统领；而政教一体的过渡则是以“神”为祭祀原点；意识形态僭越的第三个阶段国度的公祭则是围绕它的意识形态为中心而构建的专政合法性的唯一原点（民主革命之后的国家大多数是以二战之后的抗战烈士为公祭对象，以缅怀抗战中死难的战士和民众）。前文曾说过，近现代以来的意识形态僭越天道道统之后，失去了宗教之外的神性祭祀的可能性（唯物主义指导思想下）；政教一体的瓦解也把宗教的神性祭祀从道统的地位上破除了，从而迎来了一个意识形态下的“众神狂欢”的时代，已经失去了道统意义的神性祭祀精神。若一个国度（甚至是世界性的）破除了神性祭祀的最高道统地位，企图用战争之痛去建立国度公祭道统，是一种以面盖全的妄想企图。并且，战争文化成不了第五个层次的最高公祭统领，因为那只是缅怀和警醒，并不是救赎，也不是人文的全部。战争文化的祭祀原点似乎更接近解释革命群体与执政群体过渡的合法性精神，并不是人文道统的公祭精神。人们更关心的是人文道统的系统救赎，而不仅仅是战争缅怀和警醒。

那么，在客观性道统的统领下，该建立一个什么样的“公祭”体系呢？要使得天、地、人三才和谐统一，尊尚天地规律是人文精神的生发原点。按照《易经》为道统的生发精神，恢复“孟春”之天时公祭，以尊天道之时令；构建烈士之公祭，以尊民主之宏愿；构建人文之公祭，以统人文之理性；构建国运之公祭，以明时务。四大公祭体系不但要由国家主导施行，并与第四个层次（区域文明）形成祭祀和节日叠加效应。公祭的仪式，都要设坛规仪。于中国当下而言，天时之公祭沿用古法精神，但是需要重设礼乐体系和文辞。

中国的历史与世界同观，可知历史兴衰之数不在君位，而在国家权力的演变。孙文《民权主义》所论民权与政府管理权两者之关系者，所指的也是为了构建国家民主体系的公权力。各国皆由原始公权之时归位于皇权之统，然后公权尽失，而成皇权之私。中国公权归于皇权之私，始于夏。而后四千余年兴衰起伏，都表现于帝王兴衰之道。五帝皆以公权而行，禅让帝位，厚公权之德者居之。中国四千余年兴衰，皆为公权与私位两者合一之因也。不以帝位私之，天下无所共主；而以公权私之，其主难度其用。故得圣王之世，天下大治；昏君之世，天下大乱。兴衰之数不在权位，而在国权之公。若论新国之祭，当属烈士；若论新国之祖，当属烈士；若论新国之魂，当属烈士；若论新国之敬，当属烈士；若论新国之精神，亦为烈士之精神；若论新国之纲纪，烈士所尚也；新国之体魄，烈士之雄魂。烈士之祭，当重于国庆、当先于国庆、当大于领袖！烈士之精神，纯阳之气也，尚此气则可宏国魂、清正念、合四极、谐八荒、统万民、化心嗔！烈士之祭，国之大礼。天下为公者，天下之功也！大礼所尚者，若以私位导之，则失公权之基也！新国以来，领袖立言之争者，皆为重私功而轻烈士之流弊也！故此，积弊渐深，致使朋党腐败之陋习。若以祭烈士之大礼为始，则可表万民之功，而非一人之天下也。革命公权之宏愿者，人民之责、人民之功、人民之权、人民之心、人民之愿、人民之牺牲、人民之诚服、人民之念力、人民之所向也！若此，政府不孤、民亦不孤、家国天下则宁，力则聚，民风得淳。浩浩泱泱，中华之体格；民主公平，革命之愿初！这是构建烈士公祭之体系的必要之处。烈士公祭日的区域民俗化是民主主义革命初衷贯彻至人心的方法之一。比起对战争的纪念和警示意义更重大，烈士所牺牲的不为人们之缅怀，而为国人之福祉。

相对于自由意志的时代而言，区域文明的创世自由仍需要第五个层次的人文理性道统来作为范则。从而构建国家客观人文道统的礼乐框架体系，以承载区域文明的多元化体系和文学艺术中多元化意识形态的理性秩序。在人文道统的大人文体系里，与哲学、科学、宗教、政治、经济等并称的“文化”实际是指“小人文概念”，用“三道三分法”的逻辑解释是失去“元道道统”之后的中道人文在社会构建中的形而上体系及根据中道而构建的形而下的“器道”体系。严格意义上来说，在失去人文道统状态下构建的“物象器道”都不能称之为器道，那只是一种观念的意识形态化和物象化。我们把失去道统之后的多元人文表征称之为“中道”。受西方文化影响，我们习惯性的把“中道”分割成哲学、宗教、民俗、文学、诗歌、艺术（包括音乐，建筑装饰，工艺设计、电影、家具等）、教育等。当下我们称之为“文化”。这种“中道文化”的泛滥，是失去人文道统之后造成的。这使得西方的文艺复兴以来的“中道”僭越道统而流变千年，也使得中国近代以来的人文冲突不断，都在“中道人文”的相互冲突下期待救赎。那么，对于元道道统的人文理性精神而言，需要什么样的公祭来构建第五个层次的人文道统规则呢？当下语境里的“文化”要对接“隐性状态”的神性，“神性”的文化共性是可以担当人文祭祀原点的使命。要确立一种非宗教客观性人文的神性精神领地，设立客观祭奠之地是必要的。以天、地为道极，敬而不迷，平等对话，殇寄神思。祭祀的礼乐精神，不是封建王朝的特权，新时代与封建时代祭祀之礼的差别不在精神主旨上，而在立意和形式次第上，这就需要构建新的礼乐体系。如果世界终将被权力主宰，希望这里还有人文理性主义的一方精神净土，一条通往上古之灵的通道。在第五个层次上，需要破除诗歌群体的职业和专业承认机制，让诗歌附庸于神性祭祀体系，回归诗经精神，区域以歌的方式结合存在，而神职的诗歌是经典的导向，与仪式结合，并确立雅乐体系，形成雅乐文字及诗歌范则。

诗的最高形式表达是《经》，她既融于宗教而又高于宗教。她是每个人的创世自由；是通往心灵内外之极的自由途径。是人文自由意志下的理性信仰途径。一个民族对诗性的崇尚和捍卫程度，能直接体现这个民族的文明程度。若说前人有一种神秘的智慧传达方式，那就是诗歌。我们于诗句中意会体悟，与古今对话，人性通灵。这是一张华夏文明的灵魂地图，是新时代人文的纪元之为。让“诗”介入雅乐体系的隐性救赎功能显性化，是确立当下人文的时代命题。对天道叩问的不朽诗魂，我们于此处以人文客观性之态度群体祭祀，安放我们无处寄托的理性之魂。在柏拉图的《理想国》中，借苏格拉底之口主张摒弃荷马的悲情诗歌，来保护国度的诗歌语言体系。相对于柏拉图而言，孔子在这方面的构建更加系统而富有承载性，树立了诗歌的语言的立体中正范则——《诗经》，孔子言：“《诗》三百，一言以蔽之，思无邪”。并且梳理了国家第五个层次的诗歌秩序：区域化的诗歌——《风》；卡里斯玛效应的尊位者群体的（士大夫阶层）的诗歌——《雅》；国家祭祀体系的诗歌——《颂》。在孔子的意图里，对诗歌的选择和约束观点显而易见。一是允许区域文明中的诗歌多元化；二是要在人文道统的精神统领下，语言文字的规范而形成“中正且哀而不伤”的语言范则；三是把这种范则经典化；四是形成第五个和前四个层次的叠加秩序关系；五是祭祀文辞的统领独立而统一于《颂》。

对于国运公祭，以明时务。这是站在国家于时代中的历史使命为背景的公祭精神。每个国度都有时代的命题，这是针对于世界格局而言的统一国家历史使命为原点的公祭课题。非仪式化的教育只会流于表面而无法恪守担当。目标的不统一化会造成“乱而无序”的卡里斯玛体系崩盘，五个层次失去一致性秩序，自然就会形成相互冲突和懈怠。

人文在国家层面构建的公祭体系，仍需进行对第四个层次的叠加设置。按照目前的行政划分县级编制而言，至少于县级为单位设置人文公祭的祭祀场所，甚至于乡级为单位进行设置，这包括其他公祭体系的单位设置。以构建神性国度的人文道统维度。但是，每个公祭体系在叠加第四个层次的设置中，区域文明的构建又可以根据其历史、人文、地理、当下产业结构等的不同而拥有适度的构建空间自由。具体的构建方案此书不做详解，至于新《诗经》体系的著述也是未来的构建体系，此书亦不作详解。这在毛泽东时代而言，其意旨已经比较明确了，在改革开放之前，我们还能在全国各地见到“文化宫、礼堂”等变相的礼乐框架体系的第四个层次的叠加设置体系。各地的烈士陵园也是很多的，只是没有国家“公祭化”。改革开放之后，这一切的意旨都在消解。

对英雄的膜拜会把人们从人文理性的神性客观祭祀引领到对个人的迷信，从而影响三观；对“神”的祭祀正是因为转移了对“神性”祭祀的视线，从而形成了神系。这就是公祭的神性客观精神。不是人为意识的神性载体救赎了我们，而礼乐框架体系的尊位精神及仪式精神塑造的“隐性状态”的神性祭祀体系却能促使我们怀着恭敬的态度去获得对未知惶恐中的情绪安慰。正是我们内心渴盼的“美”成了内心的“魔”，我们让祭祀的精神从神性载体的转移中回归神性的祭祀本质；回归敬畏未知的本质去探索未来；回归安宁的信仰本质去剔除权力的附庸。正如《道德经》所言：“不尚贤，使民不争。不贵难得之货，使民不为盗。不见可欲，使民心不乱。是以圣人之治，虚其心，实其腹；弱其志，强其骨。常使民无知无欲，使夫知者不敢为也。为无为，则无不治。”这是老子的智慧，此书说到这里，更能理解老子的意图。但是，还需要解决现实的执行问题，“不尚贤……中的不尚、不贵、不见”是怎么样做到实其腹、强其骨的？老子当然不是说字面上的意思，而剥夺众人的思考能力，一切有为法，皆为人心归于道统之“一”而已。也就是破除多元意识形态在社会结构中的冲突状态，从而让整个国度的道统清明安宁。这无疑会涉及到国家运行机制的模式设置问题，这个模式的大概状态老子在《道德经》里也有描述，但是，正如陶渊明式的“桃花源”和柏拉图式的乌托邦国度一样，只要有侵略性精神的国家存在，这种和谐状态的国家机器就会被打破。一群羊的和谐会被一只狼的进入而彻底击垮。这在下文中再作论述。

# 第三章　雅乐精神

雅，正也。雅乐，即典雅纯正、中正平和的音乐，是一种古代朝贺、祭祀天地等大典所用的音乐。《乐经》已经不可考，但是，关于雅乐的意义和意旨可以根据《礼记》中《乐记》篇章的论述来领会。在此不作过多阐述。“乐”兼指诗、歌、舞三者总名，但是还包括仪式的乐曲配置。礼、乐、诗、舞在祭祀仪式中本为一体，从而其精神也是在人文理性道统之下生发的。雅乐的人文理性精神是怎么体现的呢？正如《乐记》中所言：“乐者，音之所由生也；其本在人心之感于物也。是故其哀心感者，其声噍以杀。其乐心感者，其声啴以缓。其喜心感者，其声发以散。其怒心感者，其声粗以厉。其敬心感者，其声直以廉。其爱心感者，其声和以柔。六者，非性也，感于物而后动。是故先王慎所以感之者。故礼以道其志，乐以和其声，政以一其行，刑以防其奸。礼乐刑政，其极一也；所以同民心而出治道也。凡音者，生人心者也。情动于中，故形于声。声成文，谓之音。是故治世之音安以乐，其政和。乱世之音怨以怒，其政乖。亡国之音哀以思，其民困。声音之道，与政通矣。”要回归道统的“乾卦元、亨、利、贞”的精神，达到乐的中正平和状态，这是“雅乐”的基本精神原点。但是，辨别雅乐的“六者，非性之情”的差别，不是普通人所能掌握的。这要极高的文化和艺术修养，并且是道统之下的文化艺术修养，才能掌握这微妙的情感之音的律动状态。所以《乐记》主张“声成文，谓之音”，也就是说，要符合人文理性的道统精神的“声”的律动之乐，才能称之为“音”。《尚书·尧典》也有“律和声、八音克谐、神人以和”的思想。孔子提出“乐而不淫，哀而不伤”（《论语·八佾》），强调情感和理智的平衡和谐，这也是孔子编撰《诗经》的精神宗旨。“礼崩乐坏”就是指第五个层次的礼乐框架体系的“礼”的秩序错乱和“雅乐”失去中正平和准则状态，并失去对前四个层次的叠加作用。那么，人的“六声之情”则会失去和谐平衡，导致情感流肆而妖异流变。《魏文侯》中言：“郑音好滥淫志，宋音燕女溺志，卫音趋数烦志，齐音敖辟乔志，此四者，皆淫于色而害于德，是以祭祀弗用也。”说郑国的音乐中，“六声之情”混乱不和谐，太过复杂、妖媚、急促、怪异，都会使得人们情感流肆而失去中正平和的状态，令闻者意志放纵、消沉、烦乱、傲慢、愤怒等失去心性平和中正之气，也就失去了雅乐的“故礼以道其志，乐以和其声，政以一其行，刑以防其奸”。的“道志”精神。这几种“声乐”，都不能登入大雅之堂，更失去了人文道统的客观理性的祭祀精神。

礼、乐二者是一个体系，相辅相成。《乐论》中说：“乐者为同，礼者为异。同则相亲，异则相敬。”“礼”的序位精神与“乐”的和情精神共同组成了礼乐框架体系的人文理性精神。但是，在孔子悖论中我们曾说过儒家理论是建立在作为皇权与礼乐框架体系反置之后的附庸体系而构建的。如《乐论》中所言：“礼义立，则贵贱等矣；乐文同，则上下和矣。”皇权礼乐框架体系秩序的“雅乐”体系设置，是根据皇权阶级梯次来构建的。《乐论》中的论述试图通过对“礼”的秩序梳理，达到阶级秩序化而“六声之情”（人格意义上）的平等状态，阶级差异化的贵贱事实试图通过雅乐的体系来达到“上下和”的人格平等话题转移的目标。这是道统理性“中正”客观性的皇权反置之后的变通阐释途径之一。又因为“乐”对人的感情、性格，意志成长等有巨大的影响，也能对人的道德品质发生引导教化作用。《乐象》中说：“凡奸声感人，而逆气应之；逆气成象，而淫乐兴焉。正声感人，而顺气应之；顺气成象，而和乐兴焉。德者，性之端也；乐者，德之华也。”这种影响是双向的，一个国家的道德品质很民风，都可以从乐中反映出来。“乐”在第五个层级的礼乐框架体系构件上，起到了重要的“六声之情”的和谐作用；对整个社会的伦理道德也起到深远的叠加效应。由于“乐”的这种功能性，一方面表现为“止欲”，使其符合“隐恶扬善”的教化精神。人的感情和欲望有时会与“人文道统的理性精神”发生冲突，如果不对这些欲望加以节制，就会丧失天赋善性而导致荀子讲的“乐胜则流”的六声之情的泛滥流变，“乐”是儒家实现以道制欲的有效手段和途径之一。孔子是通过编撰《诗经》的《风、雅》来规范前四个层次“乐”的人文理性道统精神，第五个层次对第四个层次的“雅乐”体系的叠加中，除了构建新《诗经》文辞体系途径之外，还需要构建国家雅乐体系，其中包括：祭祀文辞及礼、乐体系、仪式、日期、服饰等的国家层面的第五个层次的统领系统；还要根据雅乐精神设置第四个层次的节庆叠加机制，使人欲归其正，让第四个层次的雅乐体系形成与第五个层次的道统合一关系。《乐化》言：“致乐以治心，则易直子谅之心，油然生矣。易直子谅之心生则乐，乐则安，安则久，久则天，天则神。”这即是说，雅乐可以提高人们的内心的修养，改变人的气质、培养人的品德、参与前五个层次的“行为的一致性系统心理依据”体系的构建。另一方面还能直接参与前四个层次区域文明体系的构建。为区域文明中的礼乐框架祭祀体系建立最高统领；并为构建区域中的第三个层次的生产关系中建立“六声之情”的和谐雅乐体系；为第二个层次构建群居伦理的雅乐体系；最后叠加至第一个层次的个人心灵救赎的雅乐体系构建。

《乐经》已经遗失，根据孔子的思维逻辑，可以判断《乐经》中的乐，是诗，歌、舞三种文化的总汇而形成的曲谱归纳，除此之外，还包括场景的建筑装饰艺术、服饰等系统，所以它包含着许多音乐、舞蹈、文化、艺术等多方面的知识与技艺。这是“中道人文”的最高统领，甚至叠加到各类艺术的自由创作中去，成为“中道人文”的人文理性的精神道统。

新中国建立初期，我们曾看到过“新中国雅乐”体系的雏形。但是，由于革命战争的缘故，新中国时期的“中道人文”和“雅乐”体系更具有“革命、红色、战争”意识形态色彩。在体系构建上，西学东进的痕迹很明显，其雅乐体系基本由诗化的文辞或演讲稿、交响乐、革命题材的歌曲、进行曲、大合唱、西方歌舞剧等形式来构建。上文曾说过，西方自文艺复兴以来的“道统”迷失，意识形态流变千年之后，那些曾经试图用诗歌、艺术、文学等意识形态的僭越体系来构建第五个层次的救赎体系被历史证明已经失败。没有道统统领的雅乐，在意识形态的流变中，到如今已然成了一种艺术形式而已。已经迷失了参与第五个层次救赎体系构建的初衷，沦落成仅仅是一种艺术形式的存在。一个时期的革命历史使命文化和党文化都不可能代表一个国度的道统文化，最终还是要回归到道统之初的文脉上去。改革开放至今，新中国之初的“雅乐”体系雏形都已经消解殆尽，并与西方文化一起进入了“仅仅是一种艺术形式”的状态。

至于雅乐体系的谱曲及配器等理论，在此不作论述。第一，雅乐的宗旨不在中西方的形式差别，而在于“典雅纯正、中正平和”的精神宗旨；第二，不在表现形式的差别，而在于尊崇以人文理性为道统的生发精神。第三，符合民主时代精神，破除阶级等级的教化意旨。以此三点而去指定雅乐的乐曲体系，是未来的体系制定工作内容。由于科技的发展，传媒及娱乐方式的增加，如今构建雅乐体系与古法不同在于雅乐体系的表达途径增加了。除了雅乐的《风、雅、颂》之外，另外要构建第五个层次的重大活动及节庆的庆祝活动等，统领主要媒体的基础上，需要把祭祀雅乐体系与国家《风、雅》体系进行叠加，并让道统下的雅文化站在国家媒体的高度，让区域风俗的文化回到区域自由空间的特色中去，进行雅乐体系与区域风俗体系的文明分野并且叠加的格局。至于当下的意识形态统领，既有雅乐意图层面的导向意旨；也有防止国家意识形态与多元意识形态的冲突等原因。前面论述过《意识形态的僭越》，意识形态不可能代替人文理性的道统统领地位。一旦意识形态作为道统统领，就会出现与多元意识形态体系的冲突，并且无法完成礼乐框架体系的秩序化承载。也就是说，当人文理性的客观性道统回归到国家统领地位，就可以实现道统的统领导向设置，完成“六声之情”的中正化指引。

当构建好道统下的人文体系及雅乐等体系之后，不要盲从历史上儒家的做法，与政权的统治阶层形成教育体制的晋级体系。西方历史上的神学教育体系设置值得借鉴。我们可以把国家救赎体系中的人文体系进行知识教育群体的道统叠加，而把专职人群从知识教育群体中独立出来，并且在区域文明的执行群体构建上可以运用社区兼职传承制度。而国家层面的雅乐执行群体应该是专职人员。人文道统在参与区域文明体系的构建叠加中，主要完成对“隐性状态”的神性祭祀领地的导向作用，群居中的心性救赎需要依靠社区伦理及法律体系来补充。

从文明的进程中我们可以知道，礼乐框架体系的人文体系意义上的“雅、礼”都是源自于“区域风、俗”体系的，国家层面的道统文明的表征也是依据对“风、俗”文明的归纳而来。作为礼乐框架的附庸体系而言，中国历史上是以儒家为道统体系而生发并完善扩充的一个礼乐框架文明系统。《诗经》本就是以《风》为格调基础而归纳《雅、颂》体系的过程。但是，对于今天而言，区域传统风俗已然在市场经济精神下逐渐消解；也在科学进步中失去了农业文明时期形成的风俗体系生存的土壤。也就是说，今天要构建礼乐框架体系对多元文明的承载框架，有别于历史中的自下而上的归纳精神，而应先构建好礼乐框架体系，给区域文明的生发先提供空间和过程，而后在完成国家层面的“雅、礼”文明系统的充实和完善。这是历史给我们的命题，破除资本主义文明的世界秩序构建意图，以市场自由竞争为理论依据的对世界多元文明覆盖和驱逐是人类文明的噩梦。

# 第四章　心性驱动

在《人文涅槃》中说过工业化大生产之后社会中的个体基本拥有了两个属性：经济属性和国民属性。这是从国家第五个层面对社会个体的身份确认到第三个层次社会角色的生产关系叠加，也是社会生产中的个体在国家层面所拥有“政治角色”的归属。由于文明生成的原始精神是人类根据生产协作所形成的群居模式而生发了社会文明。也就是说，区域群居文明的差别源自于生产方式的区域差别，从而形成了区域生存方式文明的系统差别。这也说明了文明生成的“自发性属性”，而不是“僭越的意识形态体系”所能持久统领的。企图通过第五个层次的社会身份叠加去统领第三个层次的意识形态构建，会造成生产集群文明生成的能力丧失或者悬空；还会造成生产集群中伦理体系的自发平衡作用；并且会导致生产集群丧失对本生产集体文明意识形态体系归纳的能力；从而影响并束缚生产集群的自主精神和文明系统构建的功能；更加破坏了生产集群的礼乐框架系统的“道统”统领体系，从而使得集群生产与生活中的卡里斯玛效应的评判系统性依据失去土壤。“两种属性”的层次叠加本身是符合原始框架精神的，而试图通过两个属性的途径打开“国家僭越意识形态体系”对生产集群文明体系的意识形态覆盖途径是一种权力意志的思想专制错误。国家社会秩序的构建，之所以有史以来“隐恶不止”，都是由于以上的悖论——企图把第五个层面的意识形态越过区域集群文明而覆盖到第一个层次的“人文教化”意义上的人文秩序构建，而和谐状态下的历史时期都是因为区域文明体系的独立空间得到了保护和有效运用。

儒家理论体系是在董仲舒建立了儒家理论与上层建筑之间关系体系和

社会伦理秩序体系之后才与国家礼乐框架体系形成捆绑关系；道教在得到皇权允许之后也参与了民俗体系的叠加构建（至今全国各地仍有很多道家神祀存在，并且民俗中的很多节庆活动也与此有关）；佛教也是如此。西方在文艺复兴以来破除了政、教一体的教皇权位之后，人文理性主义阵营也随之破除了宗教之神的道统，从而使得西方国家失去了国家层面的人文道统体系（资本主义的崛起只是国家政治制度层面意识形态的确立，而无法形成"隐性状态"的神性道统），鉴于此，马克思·韦伯试图重构基督教的神性救赎体系来作为资本主义精神的国家信仰体系的补充，写了《新教伦理与资本主义精神》来从集群伦理层面树立资本主义的合法性和补充"资本主义意识形态僭越国家道统"的神性缺失。马克思·韦伯的做法，历史证明只是起到了一种历史过渡作用。在资本主义精神和科学理性主义的崛起之下，宗教之神的神性叠加已经处在了越来越尴尬的处境。当知性体系的教育普及，那些遗留的宗教信徒也在逐渐失去对神的虔诚。不仅仅如此，宗教伦理体系和其他意识形态僭越所构建的伦理体系同样会遭遇"隐恶不止"的意图失效命运。资本主义国家的意识形态随着经济活动的发展而不断流变。在古典自由主义经济学主导时期，资本主义国家的资本主义精神还处在初始阶段，并未完善。凯恩斯主义奠定了资本主义国家的资本主义精神成为世界秩序塑造的理论基础，它通过凯恩斯主义体系的发展而建立的国际货币（布雷顿森林体系）体系而参与了世界秩序的重塑过程。这是凯恩斯主义在20世纪初为资本主义精神成为第六个层次的文明体系叠加所提供的理论基础之一。但是，仅仅如此，还不能完成世界文明叠加的体系构建，还需要完成心性哲学层面体系来补充资本主义精神作为依据，才能从意识形态层面构建第六个层次的叠加系统。从亚当·斯密的"经济人"假设开始，标志着"利己主义"作为资本主义精神逐利性心性体系的合法化。亚当·斯密在《道德情操论》中所描述的利己主义人性作了系统阐述。他认为，支配人们行为的心理依据中有"自爱、同情、追求自由的欲望、正义感、劳动习惯、交换倾向"，"自爱"即"利己心"是基于个人利益的利己主义，认为"同情"体现了"利他心"，从而指出利己心和利他心是相互伴随的。认为利己主义和利他主义的矛盾不会对国家社会秩序产生不利的后果，是由于人类各个动机存在着一种相互制约并能调节平衡的力量。又认为“交换倾向”是人类生存的重要动机之一，因为在一个杜绝政府干预并存在分工和私有制的社会中，交换是必须的，而且是在双方自愿的基础上进行交换。并在交换倾向的精神下产生了“利他性”的思考逻辑，从而树立了亚当·斯密的“经济人的利己主义”和“看不见的手”之间的逻辑体系。虽然新自由主义经过了众多流派的演变，最终都确定了利己主义下的私有制经济体系的合法性体系。西方20世纪的凯恩斯主义的衰败和新自由主义的崛起，虽然一定程度上破除了凯恩斯主义体系的系统性，但是到目前为止，他所主张的“需求管理”经济逻辑仍是金融危机的罪魁祸首。虽然凯恩斯主义指导下形成的“布雷顿森林体系”走到今天由黄金本位走向了“美元本位”，甚至由于发展中国家经济体的崛起而形成了“国际货币”多元化的趋势，但是，仍是站在资本主义精神下的世界秩序重塑的企图上。这也是亚当·斯密所指的“经济人利己主义”的心性体系在驱动着世界格局的演变趋势。这两种“主义”无疑对当代世界都起到了巨大的影响作用。当然，还有后期的各种“主义”的推进，其中影响最大的当属马克思和弗洛伊德等人的思想体系。马克思体系在此不作阐释，一是因为大家比较了解；二是因为马克思的《资本论》思想基本被国家权力实用主义所运用。弗洛伊德的精神分析学和“两大发现（无意识、性本能）”无疑是为亚当·斯密“利己主义”系统提供了有效的“个人主义”个体心性自我意识形态体系塑造和救赎的依据及途径。弗洛伊德是站在个人为出发点而阐述的群居心理关系中的精神、心理活动规律总结，包括“新弗洛伊德主义”也是以此为出发点试图解决个人主义的社会存在依据。这与西方文艺复兴以来打破了道统之后的国家救赎体系缺失相关；也跟资本主义精神相关。明显与人文之初的人文教化精神从群居关系角度去思考个体依据是逆向的。弗洛伊德主义的视角好比从人的内脏构成出发去寻求一个人整体的和谐体系，无疑是对人文教化精神的违背。万物成于世间，已自成体系。而道统精神就是人文先天的系统精神。他试图通过对“无意识的”阐述而打破旧有的道德体系约束，从而建立“个人主义”的自我心性救赎体系。这种意图更加违背了人类文明生发的原始精神——因为群居所需要解决的群体关系问题，由此而产生的人类文明体系。新弗洛伊德主义也是以此为出发点，却否定了他的“性心理”依据体系等。出发点的逆向，导致资本主义精神体系朝着更加极致的边缘前进。从人文角度看待资本主义文明的进程，自由主义和凯恩斯主义是资本主义精神打开世界秩序之门的理论原点之一。凯恩斯主义不但为资本主义国家提供了世界秩序重塑的方法论体系，还助长了“新自由主义”经济人利己主义的扩张性，从而强化了资本主义的经济殖民和经济掠夺动机。随之而来的自由市场经济体制的不断演变，以“李曼普学术谈论会”为标志，奠定了新自由主义的社会结构制度化（在李曼普的《自由城市》一书中制定了既符合经济自由主义又符合有利于国家垄断资本主义的原则）。在近代西方思想史中，由此精神而展开的思想体系也有很多流派，如“女权主义、存在主义、后现代主义、未来主义、社会主义等等”。历史证明，马克思站在资本主义的角度去展望社会主义前景，结果是，政治性的建立而溃败于资本主义精神的裹挟。历史毕竟在进步，由于矛盾的不断激化，关于社会主义体系里的机制也正在资本主义市场经济体系里起着一定的作用。但是，这改变不了本质属性。正如《意识形态的僭越》精神所指，在历史进程中的今天，已经没有必要再用“道统之下的所谓主义体系去捆绑国家礼乐框架体系了。”因为我们已经进入了“工业化”时代。

市场经济机制的资本特性在凯恩斯主义和新自由主义体系的理论支撑下，随着社会主义国家阵营的溃败，资本主义摧枯拉朽之势驱逐着各国及各区域的旧有文明体系。这同时造成了资本主义意识形态与各国固守意识形态之间的冲突，导致各国国家意识形态及道统出现了系统崩塌的连锁效应，使得各国旧有区域风俗文明体系瞬间成为历史。市场经济机制的自由性，破坏了旧有的群居模式；破坏了旧有的群居伦理体系；破坏了群居精神的稳定性，从而向快速的流动性发展。使得个人在“利己主义”的驱动下变成了纯粹的“个人主义”，也使得亚当·斯密所说的“交换倾向”失去了对交换对象的锁定能力，从而使得“看不见的手”对“利己主义和利他主义”的平衡作用失效于资本的逐利扩张精神。又由于资本主义背景下的虚拟经济金融体系的成熟和凯恩斯主义的“需求管理”的扩张精神加速了都市化的进程，都市化和城镇化又成了破坏旧有群居体系的有力武器。在市场经济体制下的城市化进程中，也是资本主义精神对社会群居关系秩序的重塑过程。

在利己主义支配下的市场化流动，是造成各国国家秩序体系崩溃和群体救赎失败的重要原因之一。工业革命以来的民主制度建设也在这种流动中失去了礼乐框架体系尊位能力的梯级塑造土壤（事实证明是被资产阶级和权贵们窃取了民主主义革命的成果）。这种资本主义性质的市场经济体制下利己主义流动性，是国家人文理性道统与礼乐框架体系无法建立五个层次救赎体系的最大原因。我们认同亚当·斯密的“利己主义和利他主义”的平衡性，但是，当这种利己主义作为一种国家市场机制导向的时候，那么，这种“善、恶”的平衡关系就会被打破，出现利己主义的倾斜。也就是说，会导致“善、恶”相随的关系失去平衡。从而会出现各种社会问题、环境问题、道德问题、腐败问题等等。随着世界范围的经济扩张特性的彰显，资本的逐利性已经成了一个无法回头的滚滚巨轮。它碾压着世界旧有秩序，也碾压着自己的修正企图。在新自由主义“生产决定需求”的理论指导下，造成了环境的破坏；资源的枯竭；人文秩序的失效；加剧了生产过剩；促使了科学理性主义意识形态的流变与道统的冲突；而且形成更加严重的贫富差距（生产为主导的价格与工资水平的矛盾冲突）；随着该模式驱动力的原因而让世界格局会发生更加频繁的冲突和动荡。资本主义精神全球化的不可调和性，还体现在国家机器的运作基础是建立在资本的国际逐利性和扩张性基础之上的。如社会分配机制、就业率与经济增长率的相关性、社会福利机制等都是要建立在经济的“扩张性”的基础之上的。

以上种种问题，我们要找出破解的方法。首先，工业化革命至今，这是个不可否定的历史必然；其次，市场经济并不是资本主义社会独有的，而在于驱动市场的原动力及其机制。所以我们在区域文明体系重建的道路上需要解决一些问题：一是工业化的产业格局设置；二是建立客观道统之下市场机制驱动的人文理性体系；第三，要建立国家人文理性的客观道统体系的叠加机制；第四，建立民主选举的卡里斯马效应的塑造体系；第五，建立一套在客观道统下能保持一定效率性驱动的理论体系；第六，塑造区域文明的创世自由体系，使区域文明的发展随着区域生产而建立相互促进机制；第七，建立国家层面第五个层次的教育、法律、税收、军事、公祭、礼乐等体系的一致性叠加；第八，建立区域文明中的生产集群文明自由构建的秩序体系；第九，建立国家经济体与区域自由经济体的分级秩序；第十，建立根据生产而设立的群居关系中的伦理体系；十一，建立商业与工业的不同秩序。

所有问题的根源先从稳定性说起。没有群居的稳定性，一切问题都难以系统解决。也就是说，在市场经济体制下的流动性社会模式基础上，我们只能用技术性的思维方法去解决社会的具体问题，而无法建立系统的良性循环的客观道统统领下的文明系统。对于中国而言，城镇化建设的历史时期，扩大了社会流动性的程度。对于发展中国家而言，是个必经的历史过程。“流动性”对客观道统系统建设的冲突有四个层次：一是生产集群的流动性；二是群居居住空间的流动性；三是商业意识形态及资本主义精神带来对区域文明体系冲突的流动性；四是区域产业结构所带来的区域产业生产的结构性生产集群的流动性。尽量梳理这四个层次来解决上面的十一个问题。

但是，在问题展开之前，还是要回到本文的标题核心上来。既然市场经济不是资本主义的专属，那么，我们来假设一种客观道统下人文理性的市场经济模型（为了便于下文引用，我们简化为人文理性市场经济）。它有别于《经济理性》的出发点（经济理性是站在资本主义精神基础上的理性）。作为一种经济体系，效率的驱动性在哪里？理性市场经济的理性的边际又在哪里？

几千年以来的“隐恶扬善”的教化让人类文明在“中道人文”性质层面取得了巨大的进步，促使了社会结构的进步和物质文明的飞速发展。但是，在社会心性层面是数千年“隐恶不止”的反复状态。那么，是什么原因导致这种状态的延续呢？在《意识形态的僭越》中论述过，当僭越的意识形态体系作为国家礼乐框架的附庸体系之后，所进行的意识形态的人文教化，都会在权力的扭曲下失去人文道统的客观理性。由于各种意识形态体系在阐述“善”的边际是可以不同的，所以这种情况下所构建的社会伦理体系是有意识形态色彩的“道德伦理体系”。这种由对“善”开始阐述的道德伦理体系在它的意识形态之下并不会出现对意识形态的彻底推翻，而会停留在对该体系的执行群体进行推翻。只有当另一种层面的意识形态出现冲突的时候，才会上升到对原有意识形态体系的破坏。另一方面，国家意识形态一旦被推翻，其执政体系自然也就会被推翻（失去了执政合法性的理论依据）。“隐恶扬善”是人文的原始精神，当国家礼乐体系试图从第五个层次开始对前四个层次进行理论叠加，它会出现“意识形态下构建的道德伦理之善”与“人类生活真实之恶”的平衡失效。儒家文明就是在这种倡导“仁义礼智信”的教化意旨上不断参与了朝代演变的过程。“善阳恶阴”的相随性是儒家《易经》的本源思想，也是人文客观性。正因为这种相随性，才是“隐（阴）恶扬（阳）善”思维产生的基础。这也是王阳明理论着重阐述的原点。儒家为了解决这个矛盾，最终参与了近两千年的中国区域风俗体系的重塑过程。上面也说过，马克思·韦伯也从中找到了方法论的指导意义而写出了《新教伦理与资本主义精神》一书。也就是说，法律和人文道德体系的教化意旨，都不可能完全与“生活的真实之恶”的切身感受完全相合。任何一种体系都不可能解释人类社会活动中的所有情感及矛盾，更何况是去解决“非文人和非知识份子”社区群体的心性救赎。亚当·斯密所说“利己主义”与“利他主义”有一双“看不见的手”来作为善恶相随的平衡性。但是，当它的理论作为资本主义精神的市场经济驱动心性动力理论依据的时候，就已经打破了自身的平衡了。在善恶的两极，对任何一方的国家人文层面的教化意旨都会出现人文性的倾斜，而与“人类生活的真实感受”失去平衡关系，也使得人文体系与真实感受出现救赎悬空的状态。我们曾经说过，人文的最初本源来自于人类生存的群居需要，由此而生发和构建的人文体系就是人类文明体系。也就是说，“善、恶”的标准边际是源自于群居关系需要的定位。在这个前提之下，我们无法以有限的语言理论去平衡无限的“真实感受”。正因为“真实感受”的无限性，要使得其获得平衡，一是要尽量降低其获得“无限感受”的流动性；二是提高其获得“真实感受”的生存环境稳定性。这两个问题体现在群居模式上，就是“生存方式的稳定性”。这种人文理性精神的“生存方式的稳定性”是理性市场经济的基础。那么，这种人文理性基础是否能给生产提供“效率”的驱动性呢？这种驱动性从两个方面体现，一是资本的流动性驱动（逐利扩张性的边际）；二是对生产力改进的驱动（科学理性的边际）。对于资本的流动性来说，在亚当·斯密“看不见的手”的平衡下并没有失去其“利己主义的”平衡理性。“利己主义”生发的“个人主义”相对于群居关系和谐精神的冲突之“阳恶”是源自于资本主义精神对第五个层次的叠加和覆盖造成的。也就是把“善、恶”的阴阳平衡关系中的之“恶”的一极进行了国家层面的心性驱动体系的加强，从而导致“阴阳”失衡，也是资本主义精神意识形态与国家礼乐框架体系捆绑造成的。任何一种意识形态与权力体系捆绑都会出现这种“失衡”状态。失去这种“捆绑”，并不会失去人类心性中的“善、恶”相随的本质。但是，并不是理论体系对所有的礼乐框架体系“捆绑”都会造成“善、恶的倾斜”。这是因为国家层面的捆绑所建立的国家机器体系出现了权力导向和生存方式设置裹挟的原因造成的，当法律体系、教育体系、行政体系等的对区域文明的强制显性叠加而由善、恶的一极作心性驱动就会形成国度性的“一极倾斜”。当国家道统的系统叠加停留在国家“上层建筑”范围之内，并不会造成这种“意识形态僭越”体系对区域文明及驱动心性体系覆盖的状态。在国家行政体系内的“地方”都是属于“区域”概念之内的，包括国都。也就是说，任何一个性体哲学道统的或者国家意识形态体系若仅仅是理论导向，而不形成国家性的生存方式的区域介入，那么就不会造成打破“善恶”平衡的状态。

资本主义精神以市场经济体系为破冰船，进行了对区域旧有文明的驱逐和重塑过程，破除这种国家性权力导向体系，无疑会破坏资本本质的扩张精神。这种被资本所左右的扩张性就是非理性的根源。当一种理论的捆绑造成了人和机构的胁迫运行是非理性的。若把市场经济的自由性依附在扩张的驱动性上，自然会造成对市场的胁迫。市场的自由可以影响收入，却并不能成为捆绑生存安全感和国家稳定性的机制。毫无疑问，就业率与 GDP 的增长相关性；凯恩斯式的扩张性和通货膨胀模式；流动性下的扩张对本土环境的破坏；个人主义与群居精神违背下的伦理缺失；紧绷的国家意识形态所造成的不稳定性基因；流动性下的人文土壤缺失等等都是违背人类群居期待安宁的本心的。

# 第五章　区域文明重塑的基础

一定范围内因生产关系而产生的群居，在第五个层次的客观人文道统体系统领之下，根据生产方式而重建的生存方式体系的意识形态附庸于区域礼乐框架体系而生发的文明体系，称之为“区域人文创世”。所创的世皆是人文之内事，旨在建立区域多元化信仰文化体系，促进区域文明的保护和发展。突破当下世界文化交融中，世界文明趋于同质化的趋势和竞争所带来的对弱势文明的侵蚀和驱逐的困局，并为之确立理论依据。人类文明的多元化生态平衡是亟需提上议案的课题。若说文明的同质化趋势的形成是政治所导致的，这也有一个历史误会——只有意识形态体系捆绑国家机器之后对国家生存方式形成一致性的塑造才会导致多元文明格局的破坏。其实，人类历史发展到今天，我们已然可以越出这个“经济统治人们生活”的一致性国家秩序重建，把区域信仰回归到区域集群；把区域信仰民俗化；把区域信仰集群自制化；把区域信仰从政治体制中剥离出来；回归到太公所说的：“尊俗同礼”的治理格局。“尊俗”就是区域信仰的“创世自由”——风俗化的区域信仰体系，这个区域小至一个村、一个群体；大至一个省。只要剔除神权化的宗教模式的民俗化信仰都是客观而值得尊重和维护的文明。而“同礼”是国家概念的礼乐体系，是各个区域信仰体系的共同信仰体系，区域风俗信仰和同礼的国家信仰是信仰的两个支脉，求同存异，和而不同。国家信仰只是国家集群的社会关系体系，他不是神性信仰的载体，但是，也在神性信仰之内。

由于社会的进步，科技的发展等因素，区域民俗化信仰体系不是简单的继承传统风俗就可以的。因为，传统的区域风俗有着数千年神权和皇权演化的风俗基因。所以，要建立区域风俗化信仰体系，必须符合时代精神，符合神性的尊重，而不是神位或者权力的尊重；必须把区域信仰文化体系和当地的生产方式和生活方式结合。

由此可知，我们所说的创世自由是人文理性的回归神性文明的多元化生态平衡格局，而不是回归神位、神权的创世宗教；创世是区域文明的重新设计和策划；有别于城市规划，而是从神性开始一直到区域生活方式的民俗化演化创新。一切试图复辟神权和皇权的信仰体系活动都是私欲的邪念，我们要坚决抵制和严格考核以规避这类图谋不轨者的倡导动机。

把意识形态体系的多元自由交给区域文明自我生成，形成无“政治意识形态权力导向”的区域意识形态多元化格局，就能破解这个“善、恶”失衡的状态。针对于我国当今的国情，中国共产党的执政合法性是毋庸置疑的。但是，对于历史而言，意识形态的灌输是在破除旧有皇权阶级文明的历史背景下实施的。在经历近代以来的辛亥革命、解放战争、新中国建立、文化大革命、改革开放、城镇化建设、工业化等的几次洗礼之后，中国已然对世界文明和趋势都有深刻的认识。“意识形态”的坚守，已然没有多大必要。一党专政的合法性并不是僭越的意识形态所能给予的。由于时代的变迁，我国的“红色意识形态”在时代的进程中出现了与实践巨大不符的事实。正因如此，才会造成“紧绷的国家意识形态所造成的不稳定性基因”。与其让自己处在这种坚守与“批判”之中，不如放弃对“意识形态”的固守，而建立纯粹的客观道统人文体系，依然可以论证一党执政的合法性。新中国是中国共产党领导下经过全国人民付出巨大牺牲而建立起来的，这种代表民众的初衷就是最大的合法性。但是，不是这种“合法性”给予了无限权力，而是责任和领导。这涉及到体系秩序的重建。

区域人文重建自由的意义在于：民主思想的独立精神不被权力意识形态的僭越体系覆盖；可以保持依据自然规律而设置的群居模式；可以回归因生产方式而自然形成的群居文明秩序；可以从根本上建立卡里斯玛效应塑造体系（民主选举及监督的土壤）；可以建立从第五个层次直接进行心性教育模式之外的社会群居伦理平衡体系；可以克服法律精神

中的刚性缺陷，建立群居伦理平衡机制而解决柔软之心的“公平”性（心性公平在人心里只是一个相对概念，即要一个合情合理的说法）；可以克服自由主义市场经济对环境及资源的恶性破坏（稳定区域生存住所，破除生存方式的流动性过大，形成世代居住和生存方式的重构——乡土情感的重塑）；可以解决多元意识形态的生发空间与国家意识形态的冲突矛盾，形成人文理性客观道统之下多元意识形态下有秩序的文明繁荣。

资本主义精神对区域文明的驱逐的同时也重塑了世界秩序，让意识形态替代了国家原有道统而服务于权力机构，所以导致传统人文体系失去了原有的统领精神，并试图用文学、艺术等作为个体自我救赎的国家救赎补充体系。这种个体意识形态式的文艺创作，因为形不成为群居文明体系服务的精神框架构建，而导致“中道人文”体系走向观念化和理论悬空化。也同时破坏了文化、政治、经济等国家运行系统的和谐一致性。一个没有“人文道统”的国度，不会得到真正的“和谐”。人类文明源自于生产和生活，一个区域的文明建设土壤要依据生产集群而生发。工业革命之后，人类已经在逐渐摆脱旧有的农业文明模式。社会化大生产的必然性，促进了商品的流通。理性市场经济依然还要面临两个协调性问题：一是生活资料商品流通的协调性；二是生产资料商品的流通性。

在改革开放之初的“特区”模式带动下，中国的产业结构布局，都是围绕“经济增长”本身为中心而进行的，由于改革之初的特殊历史背景下，所导致的中国近四十年的“春运”潮现象。忽视了在“人文道统”统领之下去构建合理的产业结构模式和生产集群的群居模式。直到今天，依然是生产集群与生活集群脱离。当然，也与工业化集约大生产的条件有关。当“特区”把劳动力高度集聚的模式形成了全国化的流动，已经突破了一个国家稳定性的底线。造成的巨大社会问题和监管问题，也造成了巨大的财政支出和人力及机构的设置。在道德伦理层面更是堕落成风。谁会对一个没有生存依赖的人群和环境付出利益的割让代价呢？只有要逃避的空间存在，那些教化的道德和规范就不会得到切实的“知行合一”。同时，国家运行机制的监督也在这种流动性上失去意义。群众不了解管理者，管理群体的同利集团怎么可能自己监督自己，这种监管的代价更大，不但影响政府的公信力，也造成了效率与监管的巨大矛盾。要建立生产集群与生活集群的统一性模式，这涉及到劳动力的集中度问题；还有人员的流动性；产业链条的协作性等问题。要解决这个矛盾，需要从产业结构调整入手，依据区域产业链而进行城镇化建设，从而完成生产集群与群居集群统一化改造，形成商品种类产业相关化的区域分工格局。降低“生活资料商品”生产的劳动力流动性，根据当地区域土地生态资源季节供应规模和产业结构的合理性构建相应人口规模的城镇，形成区域生产的小区域与大区域之间的供应秩序。大区域与该域内的小区域、大区域与国家化生产大生产的秩序协调性可以通过产业结构的布局完成。若以省级为单位，足可以在“生活资料”生产集群之上完成产业化供给的内循环；服务业的供给内循环；金融业的内循环等，有效遏制经济体规模扩张对区域循环体系的破坏作用（破除由于资本的扩张而形成的市场垄断及意识形态的覆盖），只有从市场规模中破除已经形成大资本优势的垄断可能性，才有可能实现更大程度上的财富分配。而不是让资本垄断赚了钱给大家再分配，这种逻辑是资本方的施舍逻辑。在这种逻辑上只会造成资本垄断的不可逆性，形成更大的贫富差距。在不破坏内循环产业生态基础之上，进行跨区域之间的流通（互通有无）。也就是说，至少要在省级以内设置目前进出口的平衡机制。在以乡镇为单位的基础之上，构建上一级区域的公共产品生产集群。也就是说，一个县的所有乡镇产业分工中所共同缺失的公共资料，需要上一级的区域来构建产业集群，在公共商品的提供上，根据不同情况设置公有性质的生产集群。以此类推，一个省的所有县级区域产业分工中所共同缺失的公共资料，需要省级来完成公有制生产集群的设置。这种省级之下的区域“公共资料”是弥补“生活资料”区域集群生产内循环的其他商品不足，包括“生活资料商品”的区域产业缺失，但是大部分应该是政府管理上的公共服务和商品；和区域“生产资料商品”的提供；国家层面的公共产品叠加（如重要资源类商品、科研技术、军工业等等）。这也就是说，要承认公民的“生活资料”的获取途径的稳定性，从而形成稳定性的生存方式。除此之外，工业商品的流动和服务业、信息产业、金融等等流动性强的产业，是要通过上一级公共空间来构建群居关系，也就是说，相对于各个生产集群而言，乡镇是流动性强的产业集群构成，从而形成乡镇人口集中群居；对于各个乡镇的产业集群而言，所需要提供流动性强的商品服务则需要县级公共空间来构建城镇集群；以此逻辑类推。站在理性市场经济体系的立场，公共空间的集群设置可以满足工业文明下的区域之间及国际之间的流动性问题。根据各级区域公共空间的性质不同而设置其所提供的公共产业的内容。如，作为国家意图的经济跨国战略，商品输出可以转向“技术、金融、文化产业等”之上，而各产业集群所生产的商品可以直接进行国际贸易。这在毛泽东和邓小平思想里也能找到依据：坚持生产资料的国有化。也就是说，市场流通的本质并不是社会性质的决定性因素，而是该种流通对国家生存方式的胁迫程度才是我们所要担心的产业设置边界。

对于财富而言，本质上并不是货币的数量，而是拥有商品的使用价值和数量。在“剩余价值”之上构建的金融价值本身并没有任何实际使用价值。“货币”本身衍生出来的虚拟价值是资本的非理性扩张所带来的产物，更是资本掠夺和鲸吞劳动财富的重要手段。货币性金融商品会造成更大的贫富差距，从西方数百年和中国近十年以来给了我们赤裸裸的历史见证中可以看出，不是资本家让我们更富了，而是人们付出了更多的劳动所产生的巨大财富成就了中国的经济体量。虽然市场经济机制能丰繁物资生产，却在全球化的金融秩序构建成熟之后，会造成对资源的极度浪费和加强物资供应自由化的金融体系绑架效应，当下国家破产的现象就是资本主义霸权的世界金融秩序下经济殖民的有力证明。

以生产集群为中心，构建产业集群的群居统一体系，从而形成产业生产中的群居稳定性文明生发土壤。依据区域产业分工及其特色，形成生存方式上的区域文明重塑。在智能化和自动化程度不断提高的历史趋势中，我们更多的不安是来自生存方式和就业上的不确定性。当都市化和城镇化建设的无序状态下去迎接生产自动化的技术升级，将会面临更大的社会动荡因素。强化区域的“乡土”性质，有利于建立“科技服务人类的精神本质，而不是在都市的漂泊中被市场竞争和科技进步所裹挟，从而失去基本的生存安全感。集群的稳定性，还有部分“生活资料”商品的手工业化发展空间，不但可以缓解就业，更可以缓解资本主义精神下的对资源极度浪费的方式。只要构建了生产集群与群居的区域统一性，才能回归到人类文明的群居原始精神上。在生产上获得集群的劳动协作，在生活上也获得集群安全感。生产力的发展，不是来自竞争，而是来自于勤劳、研学精神和学习精神。这跟资本主义的心性驱动无关，也不存在对“效率”的担忧。区域循环经济的产业结构，要考虑本区域之内的产业相关性，也要考虑区域之外的流通市场因素。更加明确地说，在区域集群稳定的人文理想基础之上所构建的产业分工，是依据吃、穿、住、行为基本理性原点的。也就是说，区域群居的稳定性在产业布局设计和人口规模上的设置前提是其本土的农业规模，第二步是以此逻辑把生活资料的轻工业从市场经济体制的过渡性流动中剥离开来。剥离开工业化的过渡生产，既能实现资源的生态配置和资源再生循环同步，也能稳定更多的手工业者就业，从而实现多元文明的系统生发，而不是完全被工业化所裹挟，形成生活资料生产的手工业化和工业化同步分工。同时可以相对摆脱就业率与经济增长率同步的危险逻辑。社会稳定性来自于生存方式的保障，而非就业本质。失业所带来的社会不稳定性威胁，并不是失业本身，而是生存保障的稳定性被打破后的表象。更加客观的说，国家经济发展的必然性不能与路线胜利等同，不走资本主义市场经济的汉唐依然强大繁荣，这是误解。经济增长率不是万能药，中国的问题已经不仅仅是经济问题，经济的增长只是缓解问题的重要手段，因为经济问题是世界性的难题，是资本主义的市场竞争全球化特性加剧了全球化的生产过剩与市场饱和，资本主义国家的民主和社会福利机制都是建立在市场经济体制之上的，一个国家的理性福利机制及水平应该根据当下的生产力水平而定，立足于资本的盈利性能力之上的国家福利机制是巨大的国家风险。当全球化的第三世界国家的市场机制运行介入国际竞争，从而加速了发达资本主义国家的经济空间和市场占有率等的萎缩。这样说来，当国际化背景下的金融危机到来的今天，是否定政府干预型资本主义国家的凯恩斯主义的历史条件。未来，中国的经济增长很难出现前几十年的高速增长，因为，即使中国的科技和政改等都有不错的成绩，而世界的市场却在压缩和竞争加剧，并且，世界格局会出现更加频繁的动荡和战争。这就预示着，新一轮的世界性“新主义”运动，将在不远的将来爆发。

中国各地有很多特色产业集群，如景德镇的陶瓷、宜兴紫砂等等，还有很多新兴工业产业区域集群。由于在“以经济建设为中心”的导向下，造成在区域文明塑造上，缺乏自主性系统构建。这也影响了产业本身的商业意识形态塑造，从而影响商品品牌意义的商业文化塑造，由此造成的系列问题如生产过剩，产业升级乏力，盈利空间压缩等等问题。没有商业意识形态的品牌输出，与市场而言是在质量和价格上的刚性竞争。无法形成一种消费方式体系的系统输出模式。它需要把区域产业特色融入到生活方式上和区域礼乐框架体系上构建一种可以体验式的“生存方式的系统文明”。这就是区域人文创世自由的出发点。

# 第六章　悬空的民权

礼乐框架精神的构建中，框架的体系运作设计是否处于能自我制衡状态是能否解决“王化”与“反置”之矛盾的关键。由于个体之间的协作而组成了群居集群，当一个群体与另一个群体形成共同生存方式上的共享空间，就预示着两个群体之间融合的开始，也是这两个集群形成公共空间的开始。他们共同形成了一个超越于过去独守的区域空间——高阶共享公共空间的诞生。正如我华夏民族的多民族共存的状态延续了数千年。国家之于民族区域而言，就是各集群为共享公共空间的共同秩序而形成的礼乐框架守护体系。解决阶级权力与礼乐框架体系反置的“悖论”，要从土壤中解决问题。由于“悖论”之礼乐文化框架下形成的高位者对区域之位者的“授予”而形成与卡里斯玛效应反置的历史惯性，使得有史以来整个礼乐框架体系中的“尊位”者都具备了一定意义上的“世袭”与“授予”基因。如果既要破除反置，又要保证区域内的独立礼乐框架，首要解决的问题是区域集群之“尊位”的反置破除。根据产业集群原则，形成群居集群安居的相对稳定性，之后以共享公共空间区域的最小化为单元，于此单元内形成集群赋予“尊位”者卡里斯玛效应（不被权、利左右的民主选举）的选举制度。形成最小单元社区的反置破除体系；工业与商业产业形成城市各区为行政区域范围内的反置破除体系，以保证整个国家礼乐框架之尊位者都是来源于基层的被集群赋予“卡里斯玛效应”的最小单元区域之被“尊位”者，并由此基层代表为基数选举出上一级管理人员，以此类推。这是源自于群居单元层面的礼乐框架体系下的真正“天德”继承者。当此“尊位者”阶层由群居单元层面上升为礼乐框架体系（上层建筑）之后，就可以享有礼乐框架体系所赋予的“被授予卡里斯玛效应”的加持力。仅仅解决礼乐框架之晋升体系，于此而言过于单薄。它是个系统工程，综合上面儒家文明的构建思维，很清晰地知道，集群所选举的“尊位者”其所依据的标准是什么？这就涉及到“天道”的重构和心性体系的“王化”旨意。天道之德的“一致性的系统心理依据”的构建是其框架精神的附庸体系，也是其良性运转的保证。新中国曾经试图通过树立“学习榜样”来构建“天道”的守护群体及体系。然而，历史给了我们一个无言的结局。立于此时，我们面对当下局势，迎面而来的除了科技的发展所带来的人文冲突之外，时代文明的主题已经发生了不可逆转的更替，开启了一个“天道”与群居关系重塑下的“工商业集群关系”两者共同附庸于礼乐框架体系的历史局面。在世界性的以市场经济体制为主导的国际形势下，我们面对时代，不得不深思其趋势与群居文明主旨之间的合理性。国家礼乐体系的末端可以延伸到最小单元的群居当中，那么，群居的独立空间又在哪里？与政治体制的关联性是怎么构建的呢？这三个部分又和国家道统怎么样形成一致性贯通的？

要建立工业文明时代国度道统体系，首先要做的是产业集群的群居安定化；然后建立工业文明时代的“道统”理论体系；再建立相应的卡里斯玛效应塑造体系；建立此礼乐框架下的“一致性的系统心理依据”；建立此“道统”的守护体系；建立与之相应的心性体系。才能破除资本对礼乐框架的反置之力，避免新的（资本力与礼乐框架）“悖论”的产生。这个时代来得太突然。我们还来不及角色转换，就已经发生了翻天覆地的变化，并在变化中被裹挟。即使如上所说，依然会形成集权专制效应。就是说当群体赋予该代表卡里斯玛效应的时候，其体现在政治体制上的权利是怎么样被约束的？该种约束机制又是依照什么逻辑构建，是破解集权专制的关键。

孙中山在《三民主义》中已经有了一定的阐述，并且在毛泽东时代也有系统的机制构建。然而，发展到今天，为什么会形成“能上而难下”的集权格局？

孙中山在《民权主义》中把民主体制的构建分成了两大块——政权和政治。政权中分出选举权、罢免权、创制权、复决权四种权力称为人民政权，而在政权之下设置了司法权、立法权、行政权、考试权和监察权五个治权。虽然孙中山在《民权主义》的演说词中对这九个权力有了界定，但是，却并没有设计出民权如何具体行使这九种权力。也就是说，在民主运动启蒙的阶段，孙中山更侧重的是民权意识的启蒙，却没有构建具体的国家运行机制，以保证民权的贯彻落实。

其中说到："关于民权一方面的方法，世界上有了一些什么最新式的发明呢？第一个是选举权。现在世界上所谓先进的民权国家，普遍的只实行这一个民权。专行这一个民权，在政治中是不是够用呢？专行这一个民权，好比是最初次的旧机器，只有把机器推到前进的力，没有拉回来的力……"

从以上一段原文中我们可以看出，孙中山意识到了问题。于是构建了罢免权、创制权、复决权另三种民权。然而，增加的三种民权并没有解决以上问题，却在民权政治框架上给与了补充。在民权行使选举权的第一个问题上——选举对象的考核准则是什么？

"这种由帝王造成的不平等，是人为的不平等。人为的不平等究竟是什么情形"。

孙中山用一个图标说明了从高到低的秩序不平等：依次是帝、王、公、侯、伯、子、男、民八个高低等级。他把这种社会性的阶级不平等矛盾转移到了人格上的平等解释上，按照高低秩序阐述了公平性的平等意义：依次是圣、贤、才、智、平、庸、愚、劣八个层次。

后面又说到："近来经过了革命以后，人民得到了民权的思想……由此便知民权发达了以后，人民便有了反抗政府的态度，无论如何善良，皆不满意。如果持这种态度，长此以往，不想办法来改变，政治上是很难望进步的。"

而孙中山的办法是提出了把人按照天赋分成了三种：一种是先知先觉的领袖性的人才；二是后知后觉的管理型人才；三是不知不觉的执行大众。从这些痕迹看出，孙中山的理想国有着明显的柏拉图色彩——哲学家称王，也和儒家思想很契合，圣贤管理型政府。在这些良好的愿望里，我们依然没有找到民权实施的具体有效措施和机制。对于圣贤我们很难找到其边际准则，人民也没有能力去认定圣贤的品质。自古以来，对圣贤的界定一直有着两条脉络：一是思想学术上的圣人，这一脉络的圣贤很难担负起行政权力的具体工作；二是历史上被礼乐框架尊位上去的“圣王”和“士”阶层，最终“圣王”才是决定国家政绩的最高权力者，对圣王的界定，本就存在一个先后秩序的错位问题。就是说，圣王没上位之前，并不能判断他能不能做出圣王的功绩，而先上位，也不能保证他一定是“圣王”。这都是封建集权下的自封逻辑。选举权实施的对象若仅仅停留在对圣贤德行的界定上，依然没有找到产生执政圣贤的土壤和晋升机制。怎么建立一个依据德行和功绩、能力来明确界定范围的选举依据是民权选举权的第一个核心问题。在选举的最小单元中，如何能准确的评定被选举对象，并且要找到最实际的民众认知的方式。民权选举的中间过程跨度过大，会导致失去全民从根源上参与的可能性，也无法进入国家政治的系统民权行使实质。上一章中说过，实现民权选举的前提是群居生活、生产的相对稳定性中才能得以切实保证，因为信任是没有任何制度可以代替的，只有从群居关系的情感中才能形成情感认知。这也是孙中山所说的“民权发达之后对政府的反抗态度”的解决方案。同时，执政者责任担当情感也是源自于“乡土归属”和人生历程的情感依据。这不是任何数据和制度能替代的，也是和谐民权的源泉。

多党制的民主形式是政治策略的方向较量，并不是民主民权的根本体现，无非是在民权选择上提供了一个可供选择的执政机构，尽管一定意义上拥有了历史进步色彩的民主制度，却依然是专制的色彩。这种多党执政的民主选举制度是政治家产生的土壤，而不是圣贤产生的土壤。

孙中山所说的“拉回来的力”，也就是罢免权，这是现行民主制度中破除集权的关键。不一一细数现行国际民主制度的模式，就其体格而言，都未涉及最小单元为基础的“反置罢免关系”。“反置罢免关系”是建立在执政机构成员的选举产生过程中并且与罢免权力落实形成基础性的关联。失去了这个关联，依然会回到“历史周期律”的问题上去，也就是回到了历史的老路——集权的腐败铁律。“反置罢免关系”与“选举权产生成员机构”形成同步关联关系，即从最小群居单元和最小生产单元中选举产生的“执政群体”为基础民主基础，而逐层选举产生上一级执政群体，并把上、下执政群体的政绩及责任关联起来，形成最小单元中，民众可以观察最小单元中的基础执政人群，从而根据最小基础执政人群的政绩责任来罢免或承认上一层执政人群的执政基础。以此类推，形成最高管理层。而最高管理层的执政合法性的评判标准却在民众对最基层执政群体的考核上。最高深的道理，往往是最简单的。整个国家民族也会在这种基层选举和罢免的感情体验中产生不可估量的信任、凝聚力和向心力，并不是只有集权能产生凝聚力和导向。

由于原始积累的不平等已成为了贫富的巨大差距，这是世界性的现状。在这个基础上说公平自由竞争已经是自欺欺人了，而且还会造成更大的贫富差距和财富及权利的集权。等于说，世界将进入了一个承认资本精英群体统治的合法性时代；真正的民权福利不是权力者和资本家的给予施舍，而是权力机构所有组成体系的最终否决权怎么形成与国民的关联机制。如果在强化资本精神基础上的民主权力，依然是为“利己主义”的资本服务的民主，最终会造成国际局势的动荡，也就是说，资本主义文明在全球化的竞争态势中，已经失去了平衡态势的可能性，最终会进入全球利益角逐的绞杀场。这个时代需要变更人类的文明模式才能拯救资本主义带来的对地球及人类自然环境、人文环境的伤害。

新文明模式归根结底是三个大问题：一是世界文明秩序的人文道统建立；二是市场经济体制退却后的社会运行驱动模式；三是科学与人文的冲突，如果我们承认科学是万能的，那么人工智能将会对人类的存在形成威胁，也就预示着人文意义的丧失，如果科学不是万能的，我们又应将科学置于什么位置，从而作为我们认识世界的有效工具。站在人文道统的角度去看资本主义文明体系，还需要破解两个问题：一是货币化的流通集权及流通中的税收制度；二是亚当·斯密建立的利己主义心性驱动。解决这个两个问题，一切人文生态都将获得解放。

然而，最小单元的群体民主会不会出现另外一种极端呢，进入自由主义无政府状态？或者说，出现民间武力和财力的力量垄断格局？历史告诉我们，极端民主（无政府状态）的制度会形成底层社会的武力扩张。这是另外一个话题，即军队的体系设置问题和警力系统的设置、司法系统的设置等课题所要解决的问题。

# 第七章　外其身而身存——一党执政的恒久合法性和“布道者”

“历史周期律”是世界史的总结，不因人的意志而转移。历史中集权下所形成的执政集团利益与普罗大众利益的对立是历史兴衰的本质，也是朝代更替和历史变革的动力之一。纯粹的武力政权也是不长久的。要么依靠人文系统，要么依靠宗教来建立政权的合法性依据。那么，是什么维护和给予了这个“合法性”的加持力量呢？如宗教，除了宗教庙堂、服饰、神像、法器、仪式等礼乐体系之外，它必须还要理论体系作为“形而上”（尽管这套体系还没到达国家道统的级别，却作为宗教本经的源头）。在创教教义与信众之间，还要一个中间人群来布道。宗教和人文系统里这个布道的人群可以称之为僧人、神父、牧师、道士、儒士、党员等等。每个系统内对该人群也有不同次第的设置，以形成该系统的礼制框架，从而增加该体系进阶梯次的统摄力。这个承载该体系“道统”的群体既是布道者，更是修持者。正因为他们对体系内“道统”体系“知行合一”的修持，从而才能完成道统与信众之间的纯粹沟通和连接过程。在各个系统内，越是远古的经典经文就越精纯。这既有荣格所说的“人类集体意识”意义上的成熟阶段越远古就越接近人文真相的原因，也有它本就是各个系统精神原点的原因。随着“布道者”的实践总结并对该系统的逐渐完善和补充，既补充了该系统的形而上体系，也丰繁了该系统的“布道”方法论体系，也叫方便法门。延续至今的宗教及人文体系，都经历过与政权的冲突或融合的历史过程，在这种折中的演变过程中，每个系统在每个国度文明里充当了国度历史文明构建的重要角色，并且由纯粹的教义逐渐走向世俗的系统参与。这种参与既有普世的意义，又有媚俗的成分。流变至今，方法论的繁杂已经让各个系统忘记了来时路，甚至有的系统已经变更了初衷和本愿。这个过程全是由“布道者”群体逐代完成的，也是“布道者”与历史现实入世过程及程度的方法论演变史。与本愿的背离，是各个系统最终走向“没落”的根源。这种背离的动力，是由于适应政治时局的需要，也是其扩展性的动力驱使。也就是说，决定该系统的持久性的是该系统的“布道者”群体自身决定的。在这个背离的过程长短中，我们也可以看出该系统教义的高度和系统性结构的广度因素对自身发展的影响。那些在历史中稍纵即逝的宗教群体和人文主张的诸子百家比比皆是。决定一个系统的历史延续可能性因素，除了政治力因素之外，还有一个更重要和根本的原因，既该系统的形而上体系概括性的高度和精纯度；以及其可系统生发结构的框架性基础宽度；更重要的是该体系原始经典中对“布道者”修持系统的结构完善程度决定了后期“布道者”所构建的方法论偏离程度。从这个角度去看，儒家思想体系的构建是世界性的唯一，因为没有一个体系可以构建如此宽广的基础体系，并以此基础不断延续生发了两千多年的文明史。儒家《五经》对于社会人文结构而言，有史以来无出其右。重要的不是该系统的名称，而是该系统的框架逻辑思维及高广度。任何一个宗教及人文系统都不像儒家这般用《易经》作为最高道统为起点。道教用老子的《道德经》作为起点，《道德经》虽然高度概括了“道”和“德”的生发系统，与《易经》作比较却可以用老子自身的语言印证孔子用《易经》作为儒家体系原点的客观性，即“行不言之教、大音希声、大象无形等等”，《易经》八卦的原点并没有任何立言之说（指对世界观的直接阐述，即宇宙本源思考），只是一种探索规律的态度。而老子虽然主张行不言之教等，却无意中立言，不立文字，却已经立了文字。佛教也是如此，只有孔子做到了“述而不作”。孔子的“述而不作”表现在编辑《五经》为系统主体的结构上，虽然其中参杂了孔子的言论及思维方式，却并没有变更“客观态度”的本愿。

中国近现代史，尽管经过了抗日战争、国内解放战争等多个阶段，主题依然是一种新文明推翻旧有皇权文明系统的斗争史。由于民主革命的理论依据是西方模式为根源的，经过民主革命和新民主主义革命两个阶段的理论补充，在新中国成立初期基本确立了马列思想为最高统领毛泽东思想为实践的国家形而上体系——意识形态。在新中国的理论体系构建角度上去看《资本论》，它并不能成为一个完善的国家道统体系。《资本论》虽然以总结历史规律为总线，而归纳出资本经济规律及社会政治框架规律，这种手法的本身是学术成就，并非要树立系统的人文道统准则，当然，这是因为马克思所处的学术背景所决定的。把唯物主义绝对化就已经把人文形而下化了，他以唯物主义作为客观性的世界观，其实，唯物主义的世界观本身成为主义之后，就已经被政治导向化了。真正的客观性是“天地不言其名，而以至行索其理”。也就是说，客观性是一种态度，一种态度并不是立场本身。唯物主义的导向让社会进入了一个无法构建国家高度的信仰。这会让人文的客观理性走入实用主义的物质野性世界里。在物质野性的世界里，人类的社会活动只能靠自我救赎和国家体制及法律体系来制衡其野性，而会逐渐丧失人类文明本意——人文性。正如当下的现状，人文的范畴已然停留在各个学科之内——哲学、文学、艺术、诗歌、建筑等，他们作为学科独立而自由，从而导致人文系统的整体崩溃，失去和谐性。也就是说，在唯物主义之外不一定就是对立面的唯心主义，还有一种高于意识形态的“人文道统体系”的客观态度存在，这里不是非此即彼的阵营，而是真实的多元并存，阴阳相合，善恶相随，劝恶扬善。列宁的思想更侧重于新社会的政治体制构建的合法性阐释。若说马克思为新民主主义革命提供了合法性，那么，列宁却提供了无产阶级专政的合法性体系。毛泽东思想在此基础上，进行了新中国的理论实践，并结合了历史特性和中国特性而进行了系统的理论补充。现在看来，马列毛泽东思想对新中国的作用是毋庸置疑的，不过带有明显的历史阶段性，即新民主主义革命的体系依据需要和建国需要。而毛泽东思想大部分作品是在战争时期所作；新中国成立早期的阶级斗争需要而作。尽管有过《论共产党员的修养》等著作问世，也仅仅是根据当时的党风状态而作的理论导向，并未建立系统的人文修持系统。在新中国建设当中，毛泽东也曾试图建立党员之外的“布道者群体”——榜样。当时最起榜样作用的是劳模，涌现了一大批劳动模范，也有官员模范焦裕禄；为人民服务的雷锋精神；工业中的王进喜等等。这种模范的作用也仅仅停留在“实践是检验真理的唯一标准”的实践总结基础上，并未形成成熟的新中国意识形态“布道者群体”的系统修持理论体系，从而失去了理论化的普世价值建立的历史机会。随着改革开放的深入，随着历史阶段性的建设需要，中国也不断地变更着阶段性的意识形态导向。在改革开放初期，也已经把计划经济时期所建立的国家信仰的礼乐体系及人文系统性打破。上面说过，祭祀体系的淡化迷失和工人礼堂的驱逐，以及模范的形式化等等，都已经改变了初衷。打破的格局已成事实，我们不再陈述他的历史对错（这是中国生产力提升的历史阶段，也是邓小平的伟大之处），而是表述该时代的命题。正因为马列毛泽东思想的历史阶段的实用性成就了新中国，我们也才有今日文化重建讨论的前提。我们放开历史阶段性的特殊性去看一党专政的合法性依据，我们依然能找到中国共产党一党执政的合法性依据，是中国共产党领导下完成的新民主主义革命，并取得了人们政权的历史性飞跃的胜利成果，这是铁的事实；是中国共产党领导下建立了人民民主专政的新中国政权体制。这在中华人民共和国宪法里有着明确的说明。虽然现阶段的宪法有着历史过渡期的痕迹，只要共产党本身不去违背执政本意就不能否定其执政的合法性。在政权体制上有宪法作为宗旨，而要建立该体系下的国家信仰体系必须先确立“新中国的道统体系”，并且建立系统性的“布道者群体”的修持体系。显而易见，一个经济、政治学著作和斗争文化结合的体系并不能成为一个国家完整的人文道统体系。由于该体系的历史局限性，很容易让一个国家和一个执政党陷入被人文攻击的险境。回归客观系统性的人文道统，可以确立一党执政的人文合法性基础；建立该体系的“布道者群体”的修持体系，可以确立巩固该体系的恒久合法性；并结合礼乐框架体系形成国家信仰的群体格局，可以形成道统与“布道者”到大众的人文衔接过程。从而构建道统统领下的国家文明方式；建立国家运行机制；重塑国家生存方式及生活方式；规划生态的群居建设方式等。对于道统下的布道者的称呼，并不是人文立场的关键，“布道者”在各个宗教和人文系统内有着不同的称呼，其实质是其修持的“道统”体系的内容。而其内容的高度和广度决定了它的普世范围。从宗教的角度去看，是宗教的教义体系决定了该宗教的可持续性和延展性程度。“布道者群体”的准入途径和精神上纯粹度的大众认知与党派群体数量并无直接关系。一个人文体系的衰败是从“布道者群体”的堕落开始的。该群体数量越庞大，越难以获得布道者本身的精神纯粹度和对该体系的修持毅力。并在庞大的基数中失去群体的精神导向，从而使得该体系与大众产生远离。大众的普世意义和向心力并不是由布道者数量决定的，而是系统的完善性和布道者的精纯度决定的。并且，能够恒久的人文体系的布道者群体的准入门槛，都不是为政体门槛而设置的，它是一个自我修行的结晶；是一个甘愿维护国家“天道”正义的“文士”生涯选择；更是一个国家最高尚的事业。一旦作为政治属性的准入门槛，就会形成阵营化趋势。阵营化是和大众走向对立的开始。当然，一个国家的意识形态体系的确立，会有历史过渡期的战略用意和必要性。中国新民主主义革命以来的历史转折期，有着战争时期所需要的历史客观性必要而形成的国家人文导向，这是历史阶段性过渡的必要性。21 世纪中国文明重建的课题上，斗争时期的人文原点已经完成了历史使命，我们需要回归道统思维才能重建华夏多元和谐共存的秩序性文明体系。

当然，要建立与时代相结合的国家人文道统体系，对我党而言，是一个理论上的重大改革。面对现有理论体系的历史局限的延续，我们不得不学习老子的智慧——外其身而身存。一党执政下的恒久合法性，要建立在民主宪法的基础上；要建立在人文道统的客观态度的完善系统基础之上；还要建立在布道者的体系建设和纯粹度的制度设置基础之上。任何依赖国家体制来建立国家信仰的企图都是强权者的妄言，体制救赎不了大众，法制的刚性也救赎不了大众。只有高于法律、国家体制、意识形态、上层建筑的“国家道统”才能系统性的构建一个和谐的国家文明状态。这不是一党和多党执政的问题，实质在于国家道统体系的完善和一致性是否得以贯彻执行。上一章中已经阐述过，多党式民主也正走向更大的民众权力的凌空性状态，一党还是多党并不是国家和谐的实质界定；也不是民主的实质，打通人民行使民主权力的通道机制才是民主的实质。同时，法律体系在没有国家道统作为人文标准和布道者群体的心性尺度也会在权力中丧失其平衡，从而容易进入维护利益群体的专治工具。也就是说，人民民主专政行使权力的通路贯彻和国家道统体系的人文客观性是一党执政恒久合法性的基石，并在基础上破除布道者群体的阵营性问题，也就是——身其外而身存。而中国当下组建的道德伦理等系统并不能称之为人文系统，而是走向概念化的导向。在传统人文与当下的意识形态下的人文概念导向两者并存的混淆中，我们亟需梳理国家人文道统体系来作为重建新中国文明的理论依据。

# 第八章　群居的精神领地——人文礼堂

儒家的第五个层次的“行为的一致性系统心理依据”虽然介入了前四个层次的构建，但是，留有了区域自治的主导权。这也是“尊俗同礼”的精神所致。一切群居的人文模式都离不开附庸礼乐框架的体系来建立。我们从皇权走向了立宪；从农业文明走到今天的工业文明，没有必要沿用农业文明和皇权时代的区域风俗来构建前四个层次的“行为的一致性系统心理依据”体系。但是，古圣给我的“尊俗同礼”的精神是可贵的，也是和而不同，和平共处的人文精神前提。沿用这个精神，我们可以看到世界多元文明的生发繁荣的新景象。人文的创世自由，就是重新生发塑造的区域文明，依据该区域的生产及生活方式重新锁定其意识形态，形成前四个层次的“行为的一致性系统心理依据”体系。区域文明的意识形态构建方式要与该区域的生产与生活方式高度统一。

上卷阐述过《孔子的大策划》，儒家在构建第五个层次的“行为的一致性系统心理依据”的时候，有明显的礼、俗分野。《礼记·曲礼上》：“刑不上大夫，礼不下庶人。”《孔子家语·五刑解》：“所谓礼不下庶人者，以庶人遽其事而不能充礼，故不责之以备礼也。”上卷也说过，自汉朝到清朝，儒家的“行为的一致性系统心理依据”体系既完成了体系的完善过程也完成了对区域风俗（部落图腾信仰）的王化意旨的人文教化过程。这个过程中，儒家把自夏朝开始的皇权信仰（天的代言者天子）于汉朝生成了朝、野与礼、俗的系统性构建。这得益于董仲舒的“天人三策”。对于第五个层次的“行为的一致性系统心理依据”来说，信仰之力的神性最终归于“天”道，于皇权的终极尊位——皇帝（天子）来代言，这就形成了神性与人的对接，并完成了最高统治者与集权相结合的合法性。但是，上面说过《易经》并无创世说，他解决不了生命的终极意义——从哪里来，为什么来，到哪里去的问题。若说孔子的体系解决了士大夫阶层的终极问题，而庶人的体系并没有建立。这就是董仲舒的“三纲五常”的意义，至少，“三纲五常”的宗权力已经开始了涉及庶人的伦理体系，尽管该理论也只是封建礼法的延伸，在人文驯化和区域族群的风俗图腾信仰的驱逐作用上却打开了一扇大门。北宋著名理学家、关学领袖张载（字子厚，人称横渠先生，1020—1077 年）提出的：“为天地立心，为生民立命，为往圣继绝学，为万世开太平。”也是补充士大夫层次的“行为的一致性系统心理依据”，孔子不言鬼神的精神一直在儒家学说的历史演变中贯彻始终。这些理论的意义虽然能解决入世的人文心理依据，却并不见一点“创世说”的端倪。这一切的心理依据指引都是指向对皇权的“忠”，这也是作为国家身份的个人角色的“行为的一致性系统心理依据”体系。那么，生活的本质还是生活，任何一种权力教化都不能全部覆盖。生活（世俗面）角色的前四个层次的“行为的一致性系统心理依据”体系，儒家是如何构建的呢？前四个层次既有庶人的生活面，也有士大夫及皇族的生活面，并保持上下一致（也就是“行为的一致性系统心理依据”）。儒家把这个问题交给了氏族伦理和风俗体系。氏族伦理的“宗庙”意义只解决了入世层面的生死问题，并没有解决神性的救赎体系。这里提出了一个重要概念：区域氏族自治。这里的自治并不是皇权权力系统层面的自治，而是前四个层次的人文救赎自治。上卷说过，自汉朝以后，中国的多民族风俗体系是经过了王化意旨的儒家文明的驱逐及教化而演变的，这种演变保存了其赖以生存的区域特性（生产方式决定的生活方式层面的区域特点）。这种特性是农业文明（包括游牧文明等）时代生产力决定的，生产力还没有达到改变区域对生产限制（气候及地理特质）的能力而产生的区域差别。儒家在介入氏族区域神性救赎体系构建中，有两条清晰的脉络：一是强化了宗庙的系统性；二是强化并丰富了王化意旨的区域性风俗体系中的神祇系统。宗庙、宗教（寺庙、道观等）、地祇庙等，形成了一个宗庙为主（指向忠孝体系的皇权及皇权世袭的合法性）其他风俗体系为辅的第五个层次的“行为的一致性系统心理依据”体系。

人生于父母生，久居则生情。为何后期儒家会着重提出“孝”道？孝道为何成道，孝是必然的人之常情（但是，尽孝的方式与风俗相关），自然亲情，提出来把它礼制化和行为规范化（后期有了儒家《孝经》和《弟子规》等著作），就是所谓的孝道。孔子的大策划里及《论语》所论及“孝”的地方并不多，也没有用单独的篇章来论述“孝道”，在碎片的论述中，孔子并未打算把它作为宗法体系，只是作为一个“仁”者的必备德行。至于《孝经》，是后人假托孔子之名而作，清朝的纪昀曾言是孔子第七十子之徒之遗言。从其篇章构建的梯次判断，这不是孔子的思维方式和意愿，孔子并未实现与皇权礼乐框架体系捆绑，其他经书表明都未到实施使用的形而下层面（《周礼》除外），而《孝经》的目录：“开宗明义章第一、天子章第二、诸侯章第三、卿大夫章第四、士章第五、庶人章第六、三才章第七……”孔子的时代不应该出现这种皇权集权次第的人文思维（秦朝之后才有），有明显的皇权集权思维痕迹。至于《弟子规》是成书于清朝，对心性的指导性更具体、细致。“孝”的体系与儒家其他体系一同经过了历史的深化过程。这是儒家借用“尊俗同礼”的思想构建皇权系统卡里斯玛效应体系的方法之一。

避免哈姆雷特式的死亡之死，仍有“死亡”之外的安乐救赎途径。

人性的善恶相随本质，也是救赎的悖论之一。人性中的贪婪与懒惰是拒绝自觉、自我救赎的，这个悖论是一切哲学体系所需要构建的方法论体系。这也是数千年以来圣人之言经常失效的原因，任何修行体系都不可能强加于一个自由的个人。只有极少数个人拥有勇气和智慧完成圣人之路。这也是欧洲文艺复兴以来尝试建立人文主义自我救赎途径失败的原因，因为在文学诗歌和艺术等途径上，都只能解决自我修养的心性救赎层面的问题，并不能涉及并介入与心性体系一致性的第二个家庭伦理及第三个生活方式以上层面的系统立体构建，也就是说，要完成人文救赎的整体过程，必须要构建一个和谐统一的生存状态的空间，才能最低程度的让人们在人文理性中获得立体的救赎。荣格、叔本华、尼采、弗洛伊德、莎士比亚、梵高等等，都陷进了无限内心的自观里，再多的自我剖析也消解不了人性中的自我张力。这种张力是入世的必然，是生活和生产、生存的群体介入必然。这又回归到了人文的本质——群居的必要性。对于人文于群居而言，就构成了生存状态的系统空间，而不是一个心性层面的理论体系所能解决的。人们生存的安宁感主要来自于生存状态的系统人文立体空间。在群体生存空间的构建中，礼乐框架的祭祀意义是解决每个人终极救赎的必然途径；人文救赎途径的最终高点；同时还是国家政权中卡里斯玛效应塑造的最基本单元。而往往神性的终极救赎途径是人与天道之间的冥想过程来完成的，并不是真实的神灵。冥想过程中对天道的未知与敬畏、寄托等是产生对畏惧和不安的救赎的心灵空间过程。在中国风俗神性救赎构建中，儒家所参与的不仅仅是宗族祠堂的建设，也涉及众多的先贤祠、孔庙等文统祭祀场。宗族祠堂和先贤祠、孔庙是国家礼乐系统的叠加，而佛、道两教的庙观却是作为儒家驱逐区域图腾信仰祭祀体系的辅助体系，并为此把道家神系的构建也加入了时代的精神人物，并与区域风俗形成节庆系统的关联，从而参与了生活方式的重构过程。

而时代的关键，并不是我们不知道这种精神领地的构建方法，而是怎么样解决唯物主义世界观与神性救赎的矛盾体系设立问题。公祭与区域集群及最小单元的群居生活、生产如何进行礼俗结合，这是新时代的重构命题。前文中已经论述过“神性”与“神灵、神位”的差异，在确定“神性”的客观隐性状态的基础上我们去看神性祭祀的定义，已经不是旧有的神灵祈祷逻辑，而是对原始客观天道的敬畏和探索精神的仪式感可以构成人们冥想过程中的安宁感和终极问题的未知托付。宗教信仰的自由是我们的基本国策，纯粹的唯物史观使得这种有神论宗教信仰的救赎意义处在很尴尬的状态。这种尴尬会带来对国家意识形态的冲突甚至逆反和否定。只有建立真正的客观性道统人文体系的客观态度，才能使得这种状态真正合理化。从国家礼乐框架而言，礼俗叠加之后的区域祭祀场所的设置可以从两个方面入手，一是把人文礼堂和国家礼乐祭祀体系叠加合并，形成人文道统与风俗节庆系统的连接，并肃清婚、丧仪式等市场行为，建立国家风俗文明重构意识，与革命烈士祭祀以及人文道统下的“布道者群体”形成执行群体的关联；二是允许宗教信仰自由作为神性救赎的补充。但是，把传统中的宗教作为神系祈祷救赎的本位转移到人文礼堂中，并把神性祭祀体系形成人文礼堂的最高祭祀原点，从而确立人文道统客观性态度的主体地位。并以人文礼堂为轴心，构建最小群居单元的“布道者”群体单位，形成布道者分工次第，并以此形成人才选拔的价值导向。并且形成约定俗成的服务报偿方式。这已经是公共性服务范畴，可以由民间自我解决，并不会成为公共费用的负担（区域自治空间）。从而也能把部分艺术回归到生活当中去，服务于生活，创作于生活。

在人文礼堂的内容范围上而言，还可以加入道统体系的民众启蒙教育部分；少儿启蒙教育，甚至可以结合小学形成关联性教育机制。而不是让国家教育系统停留在知识教育的市场化方式上。教育市场化是不可能完成国家道统的教育任务的，一切价值和优秀资源都会随着资本的流动而形成聚集，甚至扭曲价值观，还会导致社会教育资源的不公平性，从而会增加国家的不稳定性。

人文礼堂还应该有两个功能，一是民主选举功能；二是民事纠纷的解决功能，这可以有效的补充国家法律系统的有限资源，在平息民怨的角度上可以起到很大的救赎作用。这两个功能的落实，都离不开人文礼堂对民众进行《宪法》及相关法律系统的培训启蒙教育功能；更离不开道统体系的布道者群体的理论知识培训功能和选举布道者群体行使代表权力的功能。也就是说，人文礼堂既然是国家群居中最小单元的精神领地，国家执政机制的最小单元与之合并，本身就有精神纯粹度的意义。由于人文礼堂的管理群体是民众自发选举产生的“布道者群体”，这本身就有终极信仰意义。

由于国家法律资源的有限性和法律知识的普及程度不够，造成了民众依据法律来行使权力的途径受阻，这种受阻的状态会导致放弃法律的诉求，甚至诉诸于武力，或者压制情绪从而积累出民怨。国家司法系统也不可能触及每个生活社区和很多生活琐碎的事件中，而往往这种生活琐碎的以强欺弱事件是形成民怨积淀的根源。不管是家庭伦理，还是邻里之间的冲突，在构不成法律事件级别的情况下而怨气却很强大，甚至构成了法律事件，也经常放弃法律诉讼权力。所谓私了的民间处理方式也很多，只不过这种协商的过程是无法公正开明的过程，属于私底下的协商交易。作为国家治理的角度而言，尽量使得民风开化，而不是强化私底下的交易潜规则。在民事纠纷中，说理的过程比结果更能释放民怨，这个释放的过程是由“布道者”群体来主持就更能够得到慰藉。当然，民众放弃法律程序有多种原因，就中国当下情况而言，诉讼程序和司法程序的难度也是影响国家法律体系公正性的重要因素。在市场机制的经济交易活动中，由于诉讼程序和司法体系的滞后，使得乙方的行使权力的成本和时间跨度等大大增加。这种状况导致法律体系丧失了的应有功能，从而无意中保护了“甲方”的失信利益。由于这种状态的持续，导致更多的资本在“甲方”群体内得以流转，从而加速了贫富差距，也加速了法律体系的公信力丧失。

知识分子虽然也有一定意义上的“布道者”群体的救赎作用，而事实却是没有道统的布道者守持，并历练布道者修行的过程，也就无法获得“布道者”应有的精神纯粹度和布道语境。知识教育和哲学心性的讲解都无法触及被救赎人的内心，也就无法完成救赎和布道的过程。事实上，不仅仅是因为知识分子本身的局限，更因为布道者的“身份性”更有意义，再多的知识也不能完成一个世俗灵魂救赎另一个需要救赎的灵魂过程。救赎的终极意义依然要回归到“幻境”的冥想情境中。这种情景不仅仅是人类所构建的景观物象，更是一种不可名状的冥想过程中的心灵幻境。冥想之中的心灵幻境本身并没有任何意义，而是这个过程本身的宁静片刻慰藉了不宁的心灵，幻境的假想情景慰藉了真实的感受。对于未知的天道或者是神灵本身，并不是统摄人心智的决定因素，而是宗教的政治化和强权化会导致神灵存在的必然性驱逐异教徒及无宗教信仰者，从而形成了真实救赎的幻境成了批判的虚构对象。

群居的精神领地构建的必要性，是中国当下的缺失。基督教国家依然有教堂来替代此功能；日本也仍有数万座神社。这有异于佛、道的庙观，因为由于佛道两教的教义出世，也因为其庙观的建设选址基本远离生活群居，从而无法介入系统的群居入世生活中去。

# 第九章　流动性对国家机制的绑架

在第一卷中也粗略地说过一些这个话题的问题。“流动性”是中国这个时代的历史特殊时期，但是，并不是因为城镇化和市场经济机制运行就不能兼顾制衡“流动性”的问题。之所以没有把社会化安定结构建设和城镇化同步，是由于在改革开放的历史使命中缺乏“国家道统”建设意识所造成的。说到底，当下一切所需要救赎的情感及社会矛盾，“流动性”所带来的冲突是最大的！安宁是那么容易，却又是那么难！工业化的市场机制失去人文统领，已经把我们带入了漂泊时代，那所谓的“乡愁”归宿，是对安宁的渴望！

资本主义生产方式的本质是“经济统治生活”。市场机制的本质是“流动性”状态。“流动性”状态更加有利于完成国家财富积累的过程，实现富国强兵。流动性规模和速度是完成国家税收的重要因素，每一次商品和人员等的流动中，就会产生多次税收的缴纳过程。这种机制的本身而言，它解决了国家公共费用征收的难度，并把这个过程简化至交易过程之中的本身，并且完成了国家公共费用和地方政府费用的税收缴纳的分类同步过程。由于市场机制的运行和科学技术的进步，国家征收税收的过程已经跃上了悄无声息的自然完成过程，并把那种兵丁上门征税的远古方式抛在了历史洪流中。然而，要把这个问题提出来，是因为当下的“流动性”绑架了中国的良性运行机制，剥夺了人们向往安宁的权利和获得救赎的机会。非常直白地说，市场机制下我们把劳动贡献给自己的肉身生存和国力增长，而却把灵魂的救赎问题留给了我们自己解决。全球市场化的本质就是国家可以运用市场运行机制及生产方式实现“经济统治人们生活”的国家财税流畅通道获得方式，却不自觉地失去了

"王道"的安民意旨。当然，这不仅仅是中国的问题，应该所有市场机制国家都会面临这个阶段。在这个阶段里，国家资本的意识是该状态失去平衡的重要原因之一；不但如此，对于中国而言，还因为政府庞大机构的财政支出有关系；其中，全球化的国际竞争策略也是"流动性"的助推者；当然，在改革开放至今而言，中国在产业布局和城市规划上的失去或者抛弃"民族生活方式及生存方式的系统"塑造意识才是最根本的原因。

在市场经济机制的驱动下，"流动性"的内容已经由原初的"资本流动性"、"商品流通性"、"人员流动性"等造成了全社会的整体性流动状态，再加社会公平性的失控，造成了"金融系统的虹吸式集聚流动状态"，资本、人才、技术、教育资源等等优质资源都向都市圈城市高度集中。就以乡镇级别的政府行政区域人员现状而言，劳动力的补充都是不可得的。留守儿童和空巢老人，已经成了中国这个时代的畸形社会人口结构范式。那么，用历史的眼光看待这个全民大迁徙的城镇化过程，是否就真的是合理的呢？在中国，我们也并未在城镇化的进程并未看到城市生存方式的安宁状态；也未看见城镇化的平衡发展所带来的公平性和生存方式的生态循环方式；更没看见获得生存资料的绝对保障，并且在都市化的生活中，我更能感觉到的是生存的焦虑和压力，失业风险、教育、医疗、生态的恶化、食物安全、交通堵塞等等一系列城市病。城镇化的生存方式不但没有看到上面这些安宁，更加在"流动性"中失去了生活资料获得的自由权利。毕竟，我们在整体性的远离农业和土地，我们在逐渐失去耕种的资格。其实，我们并未真正的让普罗大众享受工业化所带来的乐趣，却被困在流动性的劳动中被市场机制裹挟着付出着努力。当然，耕种资格的本质并不是耕种劳作的本身，而是生活资料获得的终极自由保障。这是人类的终极自由。虽然说，在市场化机制下的高速运转中，我们也能获得相应的劳动权利——就业。但是，择业的被迫和改变着所有人的生活方式的安宁状态为代价，也就失去了劳动自由的意义。因为这是一种用丧失一定生活自由而获得的生存权利。从这个意义上说，我们的就业要是需要付出安宁的生活方式改变的代价，那么，一定意义上说，这种生存权是被"经济统治生活"所奴役的。就业的门槛剥夺了劳动的自由，相对剥夺了获得生活资料的自由权利，这种状态导致人们潜意识里失去安全感。在极度漂泊中不断地获得物质财富也无法消除这种从生存本能里所发出的恐惧感。由于城镇化的生活方式中，在获得生存资料的途径中，货币是绝对媒介，而获得货币的劳动自由又具有“经济统治生活”的社会规则性，这就使得我们在都市生存的权利其实已经被劳动的准入门槛所限制，而准入门槛的设置本身却是国家运用了“经济统治生活”的方式作为国家运行系统的管理工具，从而国家制度的劳动门槛设置是重要的职能之一。

中国在改革开放以来的历史逻辑里，这种历史性高速发展的成功似乎成了一种惯性，这个惯性构成了国家机构的设置逻辑，也成了人们生活价值取向的逻辑依据。由于工业化的进程和改革开放加工工业出口的定位以及城镇化建设的过程中造成了全国人民的流动迁徙。这种迁徙流动产生了巨大的经济交易量，同时满足了富国强兵的需要，也构成了未来的不稳定状态。也就是说，这种流动性下的最终角逐和可持续性是建立在国际竞争胜利的基础之上的。一旦“流动性”受阻，整个国家就会出现停止运行的立体效应。最终都会在投资拉动及其代表性产业（房地产）的崩盘中、财政赤字及货币增发中危及国家的稳定性。由于数十年的野蛮式增长，造成了中国社会的众多繁荣假象，危机四伏，一切以“经济建设为中心”导向让我们忽略了思考可持续性稳定的依据本质是什么。国家经济的流动性设置已经危及到了国民生存的基本权利，同时构成了国家管理的巨大重复浪费。节庆的返乡潮的形成，不但是中国传统节日和乡土观念所造成的；还因为国家在运用“经济统治生活”的工具上失去了构建区域稳定生存方式的意旨；还有在城镇化过程中并未完成的留守乡村的老弱孤寡让城市就业的人念念不忘的必然。又由于都市化建设中，出现的人口高度集中所带来的系列城市问题和房价高企等因素，我们已经完不成全家迁徙的重任了，只能在“流动性”中参与了国家建设，而被迫妻离子散。上不可尽孝父母，下不可养育幼儿。即使部分能把孩子带在身边的迁徙人群，也在城市教育中付出了巨大的代价。这是“流动性”下“金融系统的虹吸式集聚流动状态”所造成全国优势资源集聚矛盾所造成的，更是流动性的迁徙特性所带来的不可调和的社会矛盾。还有部分人群完成了迁徙任务，能把老中青三代都定居于城市，那么，由于城市的房屋结构和有限面积，造成了不可思议的中国现象——以年代来区分一代人的性格特性。毫无疑问，这是环境心理学层面和家庭教育层面的缺失所造成的，也造成了政府管理的巨大矛盾和浪费。2016年春节期间，仅仅北京西站的客运量就有630多万人次。就铁路运输一项而言，国家不仅仅可以获得垄断性的国企盈利收入，也能完成巨大数额的税收财政收入。而对于人民而言，每年仅仅花在节庆迁徙的路费及相关费用就要占到全年收入的10%以上。仅此一项就能看出“流动性”下“经济统治生活”的“国进民退”的症结所在。

不但如此，在整个流动性循环过程中，政府以此所付出的管理工作量所耗费的公共开支是巨大数额。由于国家的财政收入实质上已经被“流动性”绑架了。流动规模和速度越大，人们的工作压力也就越大，政府管理的机构及人员数量就要越大，所需要的财税收入就越多，如此的循环，造成了今日的“刺激内需”的迫切状况。政府的公共事务管理在流动行中增加了巨大的重复管理和浪费。正如1亿人的流动，却需要至少提供两亿人的政府管理规模。两地迁徙所造成的人口流动，已经成了不固定的人口基数，我们无法准确的核实政府公共事务管理机构的人员数量。为了维持所有区域的稳定，我们必须要构建两亿人口管理规模的机构设置。不但如此，流动性本身还会增加政府管理机构的设置数量，这种机构的设置本身是没有意义的。而由于人口流动特性所造成的必然性而必须设立，又增加了巨额的财政支出。在很多稳定群居的生存方式文明体系内，区域中众多的公共事务都可以交给区域风俗体系来实行区域自治，从而可以有效降低国家财政支出及减少政府机构设置。

从人文道统的角度而言，正因为“流动性”的国家状态，从而无法完成国家五个层次的人文系统构建。这种人员迁徙的流动性，所造成的不仅仅是乡村家庭的人口结构孤寡化，而是全国性的孤寡化状态。年轻人正以就业为由，远离了家人。从而形成了都市里的年轻化的房屋租赁的繁荣，也浪费了家庭的居住及生活资源。常住人口的孤寡老龄化，使得人文道统建设的受众人群失去准确目标，更加失去了人文教化意义上的传承可能。这并不是说要建立封建时期的伦理观念去束缚人的独立意志，而是说，人文道统的系统构建稳定性的区域生存方式已经失去了受众人群。都市里的年轻劳力，由于极度的不稳定性，也不可能在他乡获得稳定生存方式的区域资格。两地的迁徙，使得国家整体性地失去了构建稳定性生存方式的稳定受众。那么，从另一个角度去看，也存在同样的问题。即民主选举的基层构建也失去了中坚力量的认可和参与，从而使得无法构建有效的基层选举制度，也失去了选举人群的国家人才的中坚意义。失去了中坚人群的稳定性，也就失去了构建生存方式稳定性的人群土壤。

当然，没有不流动的人群，也没有不流动的商品。这只是一个生存方式的设置系统的差异问题，也是一个国家财政收入的途径和规模问题。第一卷中曾说过，当一种理论捆绑了第五个层面国家机器，那么，这种理论就会成为一种意识形态的倾斜状态。从而使得本应可以平衡的状态失去平衡的可能。

# 第十章　生活资料生产的去工业化

在流动性的基础之上，我们怎么才能找到原本平衡的社会流动的必然点呢？在此，我们要对国家财富的实质重新界定。对于国家而言，财富的本质不是货币总量，也就是说，流动性下的市场机制所产生的丰繁物质数量和 GDP 都不能说明一个国家的本质财富。对于工业化时代而言，决定一个国家生产力水平的是重工业（涵盖军事科技）的科技水平及生产能力，也可以说是对生产资料的生产力是决定国家实力的依据。在国家意志下，用“经济统治人们生活”的国家财政收入方式而言，货币却是最关键的纽带。社会活动的一切“流动性”最终都是以货币结算，货币结算而产生财税数量累计。为了抗衡这种货币计算财富总量的国家模式，国家为了保证国家财富不贬值，必须要采取措施保证国有资产的价格体系不受侵蚀。从而出现了房价等国家绝对垄断性资源的持续上涨来保证国家财富的整体性贬值风险，而把货币增发所带来的货币贬值和物价上涨交给了老百姓承担消化的国家经济逻辑现象。那么，真的如此逻辑一般如偿所愿吗？当然不是，上面说过在“流动性”下的流动速度和规模可以增加国家财税收入的同时，国家也为此付出更多的公共管理费用的支出，在这样一个经济逻辑循环体系里，国家积累的财富并没有可持续性增加的可能性。但是，若对于一个高度集权的官僚体系而言，国家所积累的财富远远不如官僚们私下积累的财富数量。这种逻辑在历史上比比皆是，晚晴的国库白银存量比起地方豪绅来实在是很尴尬。最终会导致走向历史的老路——国退而官僚做大的格局。这些货币财富的计算法，不但不可持续地为国库增加财富，而会为国家增加更多的官僚费用负担。在流动性高速运转的阶段，造成的社会问题会加强执政者的集权意识，因为流动性所带了的社会问题构成了许多社会的不稳定因素，特别是在中国这个城镇化进程阶段，人员素质不一，各地文化不统一，流动人口的社会治理秩序的制度不完善等等，都是形成高度集权的助推者。越是流动越是集权，越是集权就会造成政府机构的扩张和人员的臃肿，从而增加更多的财政支出，并且会形成政府管理资源的更大浪费。也就是说，国家运行模式所依赖的“流动性”下计算国家财富的方式对于“国家”而言是徒然的。尽管近数十年来的物资增长和货币财富总量上看起来取得了巨大的成就，而即将迎来的此逻辑下的萧条是必然的，这在国际历史上不乏鲜明案例（如日本）。不但如此，由于这个历史阶段的特殊性，即全球化要远远超过了任何历史时期，全球化的市场经济机制秩序的普及化也远远超过了人类历史任何时期。这将预示着，中国的市场经济机制运行逻辑下的崛起要面临比日本更巨大的压力和历史局限性。不管如何，日本明治维新之后的全球化市场竞争还可以通过技术革新迎来第三世界国家的新市场领域开拓，而中国处于此时，状况是今非昔比的。高度全球信息化的时代，全球生产力已经构成了巨大的过剩产能，也为发展中国家和发达国家的竞争提供了更加炽热公平的竞争条件。何况中国的人口规模本已经是如此之大呢？全球的经济复苏还期望从中国的巨大人口基数中找到突破口，然而，我们自己的再次成长空间也已经大不如前。这种状况的本身就已说明了，我们对货币数量的财富计算已经远远不能达到我们所期望的财富积累质量。何况于此时而言，国家财富（国家安全考虑）的贬值风险却依然走向货币增发的必然，这样就更加加剧了老百姓手中财富的贬值速度。这种国家逻辑中，很明显，国家企图继续运用货币力量来撬动整体的“流动性”规模和速度。也就是说“流动性”的速度和规模才是国家政府的本质需求，至于人民的财富数量和质量却交给了“流动性”中的社会机会和所谓自由竞争。人民财富和民间资本及企业，都将在这种逻辑里或长或短的过程里消耗殆尽，似乎携资外逃成了唯一出路。其实对原罪的担忧并不是中国民间资本外逃的最终理由，而是失去了生存方式稳定性的家族财富传承的可能性，才会造成整体的缺乏安全感，造成整体性外逃的必然（对于民间资本的层面而言，并不会有政治风险的所谓原罪存在，然而中型资本的外迁也已经形成了巨大规模）。是什么节点造成了这种社会性的整体危机感的产生呢？同样的市场经济机制运行国家，即使移民数量也很可观，但是我们外逃和别国移民的心理动机却出现了群体性的不同。毫不避讳地说，这种状态的态势形成，有诸多因素，最关键的当然是两个问题：一是“流动性”的国家意图；二是土地政策。在国家财政收入里，流动性中的人员流动促进了商品的流通从而完成了国家财税收入，也促进了房地产价格上涨基础，从而完成了政府土地出让的收入过程。这种通过流动性国家机制设置而进行了全国性的城镇化建设的过程中，我们看到了整个民众逐渐失去“乡土”的过程。并且把国家财政收入的必然逻辑建立在“流动性”的设置本身，就已经决定了中国失去了整体性稳定生存状态的可能性。在没有生存稳定性方式的保障基础上，我们无法获得生存的安宁，一切劳作都是迫于肉身生存的精神奴役而已。一旦“流动性”受阻，这种建立在其之上的货币价格体系也会随着流动的停滞而出现金融系统的崩盘风险。所谓积累的社会财富中的巨大的固定资产当中，房地产占了社会财富最大额度的权重。而房地产的价格也是依赖于这种“流动性”才能维持其货币价格体系的。在流动性的货币价格体系里的社会财富在金融危机面前将会迎来颠覆性的价值击穿。原来，在我们潜意识里的生活资料的最根本需求的获取途径及模式才是最终的社会财富，而不是巨量的房地产及其他货币价格资产的持有。更让人担心的是全国形成流动性高度集中的集权态势，都市化的虹吸力量已经远远越过了商品、资本、人力资源、教育、医疗等而迈向了集聚之后的社会化不公平性竞争和收入差距拉大的双重困局，同时也造成了地方上的人才及优势资源的向外流出，并且人才梯队以至于青黄不接，极度不平衡。

“流动性”并不是当今中国的特色，也不是这个时代的特色，古今中外都有之。但是形成国家机器运行高度依赖和集权度的高度关联状态是绝无仅有的。当下的“流动性”的规模和整体性也是绝无仅有的。最关键的节点体现在生活资料的获取过程，也已经卷入了这场空前浩大的“流动性”当中。即卷入了“经济统治生活”的国家机器运行洪流之中。流动性速度减缓和规模缩小所带来的失业风险就更大，从而使得“被经济统治的生活”无法合法的获得基本生存资料。这是中国整体性焦虑的内心根源。也就是说，这里提出来一个命题，即生活资料获得途径的保障如何突破工业化历史进程的必然性。

工业化的历史进步，无疑是生产力科技进步所推进的必然。科技力与人力劳动的矛盾还需要交给时间解决，在此，我也无法预测科技进步的速度和程度。不过，就目前资本主义文明模式中的市场机制流动性驱动，不但影响到了人类个体的生存保障依据，也造成了地球环境及资源的极度浪费和破坏。工业化在“流动性”的运行中，把人类的需求无限夸大，从而造成了大规模的物资生产供应。而往往这些所夸大的需求里，绝大部分是商业意识形态的煽动所致。就衣食住行而言，我们已经在商业流通中产生了巨大的物资浪费。对生活资料本身资源的极度浪费已经空前。同时由于中国暴富的攀比心理，还造成重工业的极度资源浪费。消耗最大的应该属于有限能源。这种巨大的浪费消耗速度已经让再生资源跟不上生长节奏。从而出现了诸多的食品安全问题和伪科学技术的食品领域的介入状况。屡禁不止，循环往复。在全国大面积的农业荒芜中，我们却看到了都市里的跨节令大棚蔬菜市场的繁荣奇观。这种状态，不但影响了国家稳定性的生存状态的模式构建，更增加了国家食品安全隐患，甚至国际食品战略安全。对于老百姓而言，任何财富的实质，归根结底是生活资料获取途径能得到保障。而不是被“流动性”裹挟。生活资料生产的工业化流动性依赖是造成资源浪费、环境破坏、国家被流动性绑架、经济统治生活等的最重要原因。因为这样会剥夺人的劳动自由权利，产生了虚拟泡沫流通经济，对衣食住行生活资料的市场化运作本身并不能在国民财富本质上造成增长，只能提高货币数量意义上的货币财富数量的增长，这样虽然满足了国家财税的需要，更加满足了“资本”的需要。资本的不断扩大会加剧“经济统治人们生活”的程度，也造成更大程度的资本人群的货币财富大量积累形成阶级化意识形态。如大米的市场化运作，会形成货币财富掩盖使用价值的流通本意，从而强化了品牌概念下的商业意识，而形成了假象掩盖真相的商业意识，从而强化了流动性的必然假象。而在商业运作和市场竞争中，这种假象却会形成人们在“经济统治生活”的意识强化，让我们不得不承认生活资料的获取是货币和流动性的必然途径，并于习惯思维中固化成潜意识，从而加入到“流动性”的滚滚巨轮之中，而乐在其中。

若说新中国成立初期的世界两大阵营的差别是国家运行模式的差别，

那么，新中国无疑受困于生产力的落后制约，而无法真正持久地与资本主义发达国家形成国际性的自我国力保护。这里涉及一个命题，即究竟什么是保护国家安全实力的本质。生产力水平是一个国力的根本。而决定生产力水平的并不是生活资料的流动性规模及速度，而是生产生产资料的重工业和国防科技水平决定了一个国家的生产力水平和国力保护能力。在重工业发展力度上，确实是市场的流动性需求影响了促进了科研水平的发展吗？以现有的科技成果来说，我们所取得的世界级先进技术的成果与市场流动性的驱动力而言并不算大，反而造成了“拿来主义”技术引进的民族科研惰性。在尖端科技领域，改革开放之后自主研发的科技成果并不比计划经济时代明显。不可否认，在全民普及和全国整体生产力提升速度及规模上确实取得了骄人的成绩。但是这并不能说明“流动性”是生产力整体提升的唯一途径。不但如此，还可以说，在重工业科技力水平进步的同时促进了生产工具的进步，我们并没有把这种进步合理应用于国家稳定性生存方式的构建模式上，而是把它的进步通过生产工具的链条跨越到了生活资料的流通领域，从而催化了生活资料的流动属性。从而从根本上摧垮了旧有的“乡建”逻辑下的生存方式。并且彻底走向了从生产到生活方式上的国家循环模式的更替，并产生了货币主导流动性的资本金融体系。也就是说，为了提高生产力水平之外的流通，通过货币资本增强到生活资料、生产工具领域，并且成为了“经济统治人们生活”的“科学理性主义”的有力意识形态的支撑，并把国家的生存方式通过货币为媒介而绑架到整个“流动性”系统中。这是市场经济机制的本质。当然，在市场经济机制运行的历史中，国际上也出现过许多改良的思潮。如“生态社会主义、市场社会主义”等等，其中法国的居伊·德波所著的《景观社会》有力地驳斥了工业化市场流动性对人们生活方式的重构所带来文明冲突。他虽然能够直斥商品社会的弊病，却并没有为此构建新模式。这也许就是法国学生运动失败的原因之一。

如果我们一定程度的把工业化巨轮止在生产资料生产之内，实现生活资料的手工业回归，并让生活资料的获取与生态形成季节性循环，让地球回归于生态安宁。那么，我们也就看不到那些海洋塑料垃圾污染、垃圾食品、过度的衣食住行对地球资源的消耗等等现象。那些蔬菜更换时令季节的错乱，已经让我们失去了“食”的生活乐趣（这种生活乐趣是建立在区域风俗的生存方式基础之上的，并与民俗节庆形成了关联）。我们更不应该在流动性速度和规模下降的时期对国家稳定和人民生存方式的稳定性产生恐慌和焦虑。并且破除货币在生活资料流通途径上的支配格局，让资本回归到社会化大生产的生产本身，而不是形成“货币之上的货币”的资本及金融权力，从而对流动性本身进行对人们生活和国家意识形态的干预。

一个国家失去相对稳定性的生存方式，不但会失去家族财富传承的可能性，同时会打破一切人文传承的可能性。在那些需要经验积累的生产劳作当中，我们却已经处在对书本和工业化高度依赖的状态，却忽视了手工业的精良传承意图。我们需要把生活资料手工业生产体系驱逐于商品流通之外。正因为失去了人文传承意义的社会结构，中国现在学校教育的知识理论化和实践脱节的状况很明显。这不利于生产经验的总结和传承，更不利于技术和经验积累。一种生存方式所产生的生存积累就构成了国家特有的文明体系。

去工业化，是指在“经济统治人们生活”的“流动性”下，我们要突破生存方式的“流动性”胁迫生存方式的状态，并把工业化的脚步相对止于生产资料生产之内，回归生活资料的自我生产生态系统，形成人们生活资料与地球生态资源所能供给的时令循环。增强生活资料生产手工业化强度和比例，有效地保护环境和生态资源。同时，把人们生活和国家稳定从依赖“流动性”模式中解放出来，打破“货币之上货币”的资本获取财富的模式，从而让实质财富回归普罗大众，而不是资本特权阶层。“去工业化”并不是不要工业化，而是根据生态资源的生长循环而确定生产规模，一切扭曲自然物性和基因、季节生长的科技都是违背自然规律的资本意志。科技服务于生活，而不是绑架生存。当然，我们也并不是不要“流动性”，而是根据物资的区域生产特性在一定范围内流通，回归商品流通的本质，而不是“经济统治生活”的资本权力的资源配置。

# 第十一章　艺礼空间

## 一、社会景观

居伊·德波在《景观社会》中所诉的景观逻辑，我们不得不再次感叹人类的“集体意识”的伟大。在中国礼乐文明体系里的社会建设中，组成了四大建筑景观的礼乐秩序。一是阶级次第秩序的宫廷、衙门等等代表阶级权力的景观文明；二是祭祀及宗教体系内的景观文明；三是风俗民建中封建阶级意识下所构建的生存空间秩序景观文明；四是中国传承的“天人合一”思想的群落生存环境景观系统。阶级次第的构建规范可以从《考工记》中可窥一斑。《考工记》通过对百工的规制进行明确定式，从而贯穿了道统，并把阶级次第意识加入其中，形成了中国特有的礼乐之邦——器以载道（与居伊·德波所讲的景观社会中的构建意识类似）。至于房建之外的群落建筑的逻辑，中国传统人文系统中加进了以上道统和阶级次第意识之外，也把人居与生态的关系交给了“堪舆学”，从而形成社会大系统性的道统归总——天人合一。上面曾说过西方文明中的神权基因下形成的文艺复兴以来的意识形态流变文明史可以看出中西文明的差异是道统思维的根本差异。我们从《景观社会》一书中可以看出，居伊·德波的“器以载道”的意识启蒙于宗教神殿，而延伸至资本主义商品社会的工业文明的反思中，并且只以散记形式成书，并未有中国式道统构建下的社会大框架构建系统方法论，也没有阐述突破性的文明重构途径。他已经看到了资本主义文明中对人们生活意愿产生背离的实质。由于他这种“社会景观”意识的初衷是源于对工业化资本主义社会文明秩序的驳斥，而并非是重构的叙事手法，令我们无法看到他内心的方向。这种方向的缺失，与其说是居伊·德波的缺失，不如说是文艺复兴以来西方文明中由于道统思维的缺失所导致的意识形态统领“社会景观”的缺失。正因为没有人文客观性道统体系的历史思维借鉴，文艺复兴以来才让人文主义走向了心性哲学的内观深渊，从而失去了人文统领社会格局的统领性，迫使人文系统的角色成为了众多学科中的一员而已。这种状态导致了人文理性构建人类文明系统的客观性丧失，从而依附于社会体制、宗教、科学三个系统来并驾齐驱。而社会科学却成了科学理性主义的破冰船，在没有道统统领的时代，意识形态借助社会科学系统重建了阶层所需要的社会景观秩序理论。这无疑是居伊·德波的思想动力之一。在否定社会景观的文明构建中，我们所破除的和所能体现文明进步的因素不是“社会景观本身”，而是历史阶段性的景观物象体系。其中植根于人文物象中的秩序精神是不可否认的；“器以载道”的必然性也是不可否认的。文明重建的必然也是如何应用“器以载道”的精神。运用人文客观性道统体系作为社会景观秩序的理论统领，而不是意识形态。由于前三个社会景观的中西文明差异是意识形态之下所构建的物象差异，而第四个群落生存环境景观系统的构建逻辑却是中国文明系统中独有的根源。这并不代表西方就没有群落生存环境景观系统物象构建思维，而是西方的构建逻辑是独立于人文道统之外的学科存在，并不在道统统领的意识之内。人类文明的系统在失去最高人文统领之下，致使如今各科学科独立其外而相互冲突，并形成了人文生态和谐系统的极大破坏力。整个社会对最高道统的信仰体系是通过国家礼乐框架的设置级别来塑造其卡里斯玛效应和体现其性质的，那么，礼乐框架的外延边界即能体现一个文明系统中的人文角色和格局。从最高道统到国家机制再到空间物象的过程，大至世界观，小至一器一物，皆以道统一以贯之，而得国家信仰五个层次的“一致性系统心理依据”。

我们再来回顾一下新中国成立初期的城市建筑规划，就会发现中国传统精神的延续，这种延续在改革开放后逐渐被打破，并且进入了居伊·德波所说的《景观社会》里的商品景观时代。20 世纪 50 年代，由张开济先生所设计的百万庄小区，可以说是最经典的案例之一。百万庄小区建于20世纪50年代，位于北京西二环外车公庄路南。小区格局方正，九个居住组团环绕着中间的绿地、商店和幼儿园和小学，各家各户步行五分钟就能到达。这种规划理念是国际学术界的创新，欧美学名叫“邻里单位”，苏联叫做“扩大街坊”。所以这个小区是国际前沿规划理念的中国实践。在建筑布局上，百万庄的设计规划是根据北京的气候特点，把住宅布置成“回纹型”，增加南北向建筑，减少东西向房屋。由此再来回顾改革开放之前的农村学校资源的配置，我们记忆中的村小学、大队中学等结构，都是依据学龄阶段特点需求设置的教育资源配置逻辑，而不是商业资本逻辑。其中医疗机构的设置也是按照病情级别设置的区域覆盖范围逻辑；生活资料流通的商业等亦是如此。我们并不能由百万庄的个案中还原当初的社会生态系统，仅仅从群居最小单元社区本身而言，它已在人文理性的统领之内了。

## 二、艺礼空间

在城镇化进程中，人文空间的设计和构成已成为城市建设的重要问题。日益趋同的家居风格，城市建筑风格和旅游区的开发风格模式都是如此。但是，从家居空间到公共空间再到旅游空间，再也看不到往日的人文胸怀和情愫，也完全失去了国家道统层面的建筑意识。区域文明的痕迹逐渐在商业社会里失去了其该有的景观特色。我们在这种趋同的社会同一秩序的构建过程中，也深刻地体会到了人文性精神的逐渐丧失。

现状如斯，不禁让我们思考那些古迹。是什么形成了它们的人文价值。从审美、历史、考古、旅游等角度都体现了这些古迹的保存和维护的价值。审美体现了时代人文状态，既有哲学层面，也有艺术层面。审美情趣更能体现一个时代的社会风气。艺术构成了空间物象（艺），哲学是构成空间物象的基础，是底蕴，是空间物象的空间逻辑和秩序（礼）。是艺礼的空间物象与人文道统的和谐一致性创造了完美的历史遗迹。当代观念性的设计理念都是个人意识形态的物象表达，这违背了群居文明构建逻辑一致性的意旨，让我们在个性化的物象空间里体验了短暂的审美乐趣，却会在长期的生活中深感不安。不但如此，正因为我们处在这个流动性时代，房建的经济性统领意识还造成了众多的重复建设，这是极大的资源浪费。对于城镇化的发展是一种“建设中破坏”行为；对于文化事业的发展战略是一种悖论的现象；也将构成文化进步与经济繁荣的一大遗憾。

太公曾言“尊俗同礼”，沿用至今已有近三千年。正因为这样的治国方略，才形成和保留了我们华夏五千年多民族和谐共存（礼同）而生活方式各异（艺异）的灿烂多元文明。民俗、艺术、人文的差异形成根源，主要是根据地理居住环境及气候时令规律逐渐形成和演变的生存方式体系的文明差异。我们依然可以继承由于区域特点及历史原因而形成的人文艺术差异和产业布局所形成的生存方式系统来重构各地区建设风格的空间物象差异化。因为华夏文明的形成一直是继承着自然规律逐渐形成演变的文明，是顺天应人的规律文明。这就是古人所说的“天人合一”的精髓，是家居空间、公共空间，以及旅游空间的规划设计与营造的理论和方法论的思维依据。艺礼空间就是继承东方审美价值体系下的和谐主题的人居空间，在空间构成上要解决空间物象（艺）中的家居空间、公共空间、群落空间中——天与天、天与地、天与人、地与天、地与地、人与天、人与地、人与人在人居空间里物象的立体和谐关系（礼）。确立物象（艺）的设计理念。建立现代空间观念的构思与构成的思维方法。要理智地感知自然资源和空间关系，在有知觉的选择状态中确立人居空间的主题。

我们为了更好地探讨艺·礼空间的设计理论研究，首先要明确我们研究的对象：家居空间、公共空间、群落空间。对艺·礼空间的概念及独立的本质属性加以探讨和研究；对构成方法、系统因素加以综合分析和研究；对构成基础理论、思维模式、加以基本探索和归纳。凡是为了构建有人居功能而符合人文理性精神体系的空间都可以称为艺礼空间。艺礼空间具有两种属性：人文属性和自然属性。一是自然属性，是指区域的地理、气候、位置等的综合条件下对空间建设所形成的影响；二是人文属性，是指以人文理性道统为精神主旨统领，内含人文秩序精神的建筑美学。自然空间物象与人文空间物象共同具有的共存意义的属性。如风景区除了山岚、云雾、日月，总有进山的路、过涧的桥、人居的屋，这就是自然空间中的人文空间物象，或是人类人文行为在自然空间中的参与行为。然而，在人文空间中，如：紫禁城除了黄瓦、红墙、宝座、台阶之外是与之相呼应的远山、春风、夏绿、秋叶、冬雪与自然风物的润色和渗透。这是人文空间构建的过程中运用了东方审美的天人合一思想（礼），遵照当地的天时地利和生存方式而构建的人文空间，是艺礼空间构建时运用空间物象（艺）来体现人与天地之间关系（天地之礼）的立体空间物象。还要解决的是人居空间之内的空间与人的关系（人伦之礼）层面的构建。比如大雄宝殿内皇帝宝座的方位、大小、颜色、高低等等；文武百官上朝时的位置、空间、方位、顺序等都是艺礼空间构建时运用空间物象（艺）来体现人伦关系（礼）的立体空间物象。自然空间和人文空间在人居感受中，是交融在一体的。

人文虽然自觉地构建了空间物象秩序，同时空间物象也对人的心性产生了不同角的影响。在人们产生一种空间物象的向往时，人的心理影响从离开出发空间的时候就已经开始了。如人们去景区旅游，忍受着闷热和几个小时的汽车颠簸、翻山越岭，游者在大自然的熏陶之中，登上山顶，忽然找到了一个歇脚的亭子，一个与神灵沟通的小庙，此时那种心旷神怡的感受，那种时与空、自然与肉体情景交融的共鸣境界，试问是来自人文空间物象的启迪，还是自然空间物象的前奏？这戏剧般的时空作用正是来自人全方位的感受。既是相互延伸的时间意义，又体现了空间意义。又如下班回家的路上经历了堵车，时间越长，对家的期待越热切，家居空间物象就会产生越强烈的吸引力。究竟是内心的期待感强化了家的空间物象的吸引力，还是家居空间物象强化了人内心的归属感？所以这是个先后的相互作用力。家居空间的物象人文气场是决定人回家过程中及在家时产生主观向往和归属感气息的关键因素。对家的期盼是一份归属，还是一种语境，或是一种对美的向往，是决定时间特性互动作用时的空间特点想象的思考导向。

在艺礼空间中人与空间物象之间还存在意境的会心性。空间物象的“存”是通过人的“在”来实现其存在意义的。这不仅说明，自然空间物象与人文空间物象相互存在的意义，还说明人的感受一半是由空间物象呈现给人的，另一半是人的心理感受完成的。脱离人的心理感受的人文空间是无矢之的。自然空间物象自身是无情、无欲、独立的，而人文景观的设计与构成是有情的、有欲的、非独立的。而是通过与人感受的共鸣共同完成的，我们称为意境的会心性。这也是人文社会景观的构建逻辑之一。

## 三、空间构成

在人文空间的设计构成中，以及空间人居行为里，都是通过人的设计、人的构思、人的制作、人的参观、人的管理，无一处不是人的参与。这参与的实践活动，产生了人类文明的积累。这种历史的人文不断地沉积就将逐步产生了当地当时的历史人文特性。

在人文空间物象的设计开始，首先要对旅游空间当地人文特点加以调查，包括历史民俗、风土、民间传说、名人逸事、古迹名胜、宗教信仰、人口分布等；家居空间就要了解家庭成员的人文特质；公共空间就要了解群体共性人文特质。要从众多渠道的人文内容，来寻求最有地方色彩的资料加以整理，从中筛选出具有艺礼空间构成所需要的人文素材，使之丰满，构成具有人居意义的内容。用科技手段、艺术等方法加以塑造，赋予感人的艺术形象，为人居提供艺礼空间，并体现当地人文特性。在这个需要文明重构的时代，最先需要梳理的是人文道统和区域产业布局的意图所重构的区域生存方式与社会景观结合的次第关系及其逻辑。

艺礼空间不仅表现在硬环境的处理艺术上，如建筑、绘画、雕塑等。还表现在软件的人文构成中。体现个体人的文化背景构成以及审美情趣，更是群体共性的一种体现；还体现在当时与历史延续的旅游文化的气氛里，如当地民间舞蹈、歌曲、地方风情、民俗活动、艺术技术、烹饪美味等；还体现在公共空间的功能使用上。凡具有地方特征的人文内容都可能是人居诉求的不同面满足，这种愿望和猎奇的心理，正是我们要设计的人文性。在一个和谐的艺礼空间中，人文道统、设计理念、生存方式、物象艺术、实用器具等是和谐一致而成系统的呈现状态。这样所形成的与人相互沟通的人文内容就是人文空间的最和谐的选择和构成。这些人文性选择是对人居空间物象和人之间的心理分析，同时是空间物象和人之间的心灵呼应，是在某种特征人文环境中的反映。

自然的因素在艺礼空间设计中，也起到重要作用。即使是人文物象，也是与自然相互存在的条件下完成的。自然条件是构成艺礼空间的重要内容。这些自然性构成包括：地质、水文、气候、植被等，尤其是那些对人类有视觉、心灵有冲击力的自然因素。如山之险、水之秀、人之美等，还包括天时，气候、节令、日照、雨水等。自然属性不仅带来了元素参考，还能在空间设计中提出制约。忽视这些自然赐于的资源条件和历史发展规律下形成的人文规律去设计也就失去了天人合一的基础。巧妙而适度地选择出自然因素优势和人文规律是艺礼空间设计制作的关键因素之一。

大自然不仅给人居提供资源，还存在着人文空间物象构成的制约性。某一地区的水文、地质、气候、植被等自然条件也许是优势，同时也会带有局限性。这种局限性表现在具体的设计中。有时，也正是这种局限性使我们产生设计选择有一定倾向性。往往会从局限自然因素中，会迸发出独具匠心的火花。创造出别具一格的方案来。人文空间的设计和构建往往是在对自然属性的调查和认识中确立方案和逐步成熟的。自然构成的特征是符合自然风貌特征，还要考虑生态平衡，也是“自然天成，人文适度”的理论思维原则重要出发点。人文景观适度，不仅仅是量上适度，而且表现在质的适度。质的适度表现不仅仅是艺术风格及人文习惯，更是体现自然构成性的生态平衡、天人合一的和谐性。

人类对时间长河的追溯，反映在人类对历史踪迹的探求。通过人居行为体现在艺·礼空间设计上。我们往往是对自我存在的年代现实不满足，通过构建空间物象的手段来追溯对过去与未来的向往。比如寻访古迹，极力通过某个旅游景观和旅游行为，去追溯古代消逝遗迹，收藏艺术品在家里摆放，对历史人物的纪念等。重现历史的身影，开拓现实的不足，种种重现历史心理是人文景观设计的精神源泉。

这历史性表现在人文物象设计上是不可忽视的，也应当成某地区和某个时期设计方案里的构成元素。历史性构成是通过时间意义去完成的，与其说是对过去和未来的追溯，还不如说是对当代的审美心理的需求的再现。这历史性是人居空间的时间意义的历程表现。它表现反映出两种渠道：一条渠道通往未来的想象，另一条通往古代历史的追忆。

人文社会景观构成中，需要考虑地域性的区域特有的地理、交通、人文、历史等内容。往往一个地域由一定地域因素以时空演变的进程长期积累下人文与自然的内容。对这些内容的表现也许是在民族文化特征上。有时表现在地理交通上；有的表现在自然地貌上；有时表现在历史记叙中；有时表现在历史名人逸事；有时表现在民间传说上；也表现在区域迁徙上；又会有地域的融通性。这些典型事物，在艺礼空间上的反映是构成人文属性的设计素材。从地理的特定环境与人文属性结合形成艺礼空间形成空间对人的熏陶特性。

在科技飞速发展的今天，每天几乎都会出现新的科技成果。新的工艺技术；每一款新的材料诞生都会给人们的视觉和感官带来新的享受。对新科技采纳往往会取得更多、更新、更美妙的艺术效应。人文空间物象的设计效果，往往不仅需要设计师的奇思妙想，还需要各类艺术家配合。技艺的体现还需要现代科技和现代材质的采纳运用。构成某种梦幻般的境界，会使人居在现代科技的成果中得到一种全新的感受，优秀艺礼空间是通过现代科技带来的新思维和美好的想象完成的。现代科技是人文物象构成和自然物象结合统一的重要技术手段。

以上是所提及的六个客观存在构成性问题，是对艺·礼空间构成的环境条件进行物质与精神的分析。设计者对五种条件的分析、认识、选择和采纳及发挥是不可少的构成条件。但是，构成物象秩序的科技手段只能代表一个时代的生产力水平，其中构建空间物象的逻辑秩序才是人文意义的“社会景观”的文明表现。同时，我们也能从古建、从现代优秀的建筑中都可以体会到物象构建的艺术性形式的多元性和区域独特性。人文空间物象的组成离不开艺术构思和艺术表现。艺术特性是以形象的语汇完成人文属性物象的内容。艺术构思是以艺术的手段把人的感受情感的领域引导到一个理想的境界，使人在人文景观的艺术形象面前与往日的生活感受形成对比，并形成对未来生活的内心向往、产生熏陶、得以放松、感知和谐、引深回味，使平淡的生活产生热爱的温情，使紧张产生宁静的松弛。最终统领各种艺术流派和物象逻辑的依然是人文道统的逻辑精神，围绕区域的生存方式和自然规律所形成的区域人文特性共同形成区域社会景观群。

艺术审美所构成的物象是通过这些建筑、装修、家具、摆件、装饰、雕刻、绘画、音乐、舞蹈、诗歌等艺术形象传达的。通过人的肌体、听觉、触觉感受物象的感染力。艺术构思通过艺术手段与人心灵上进行沟通和思想交往。通过艺术的感染力使人得到与人气质一致统一的和谐气氛。

设计者把精神与物质，把艺术与科技深化的探讨构思，以三构思、五构成法去体现人内心的境界及需求，通过物象的艺术造型配以文而化之的自然时间和空间，去震撼人的心理感受，产生精神作用。

文化的功能性是实现艺礼空间特性对人的心灵导引作用的系统过程。大海的辽阔会导引我们的心灵开阔博大；山水的秀丽能导引我们心灵与自然的融合；古建的厚重沧桑会导引我们思考深邃的历史；家居环境的气质也会导引我们的心灵成长。书香门第就会引导人的气质多一份书卷气；奢华的家居环境就会把我们变得奢侈浮夸。居住空间对人的一生会起到巨大的心理暗示作用。古人言“居移气，养移体”，只有空间的气质（气氛）和人的气质产生和谐呼应，空间的气氛就能影响到我们内心的需要。这样就能对我们心灵的成长起到暗示和熏陶作用。空间的气场和人的气场一致，我们才能感受到天人合一、气场一致的和谐状态。这就是艺·礼空间文而化之的实现途径。

我们是生活的领悟者，是对当代精神的延续，是给物质与精神权衡以适当、适时、适量的构成。在构成中实现：人尽其能，物量其材，人文适度，自然天成。这种以人类文化行为中人文理性的适度“规与矩”，是在追求自然默契的标准和精神。“自然天成”是人类的行为以及艺礼空间构成和存在都是自然而然的符合理性的因果，一切几乎是天成之数。这更是《考工记》对中国建筑的影响和精神，需要突破其皇权逻辑和建筑形式的局限，是艺礼空间构建的逻辑初衷。一个区域的特有文明系统，生成的根源是生产方式。由生产方式中形成的生活方式和生存方式系统构成了一个区域的特色文明景观状态。其中人文系统的参与，加入了政治系统的次第和礼乐框架的结构意识，并把产业结构融入其中，与生活资料的获取共同形成一个人文系统的社会景观群落。重构社会景观的逻辑又可以回归到“天人合一”的道统统领之内了。

# 第三卷　文上宫学

# 一、情本论

## 情本第一

天分阴阳，四时生之，情也。地有刚柔，万物生之，情也。故源深水流而生鱼；根深木长而生实。风雨雷电之发，天情之本而应阴阳之消长也。山水相依，高下相倾，地情之本而应刚柔之势也。天地之情本，无情之情，自然之道，化育万物之序也。常道之情本，无常之情生殊也。常名之情本，无常之情生化也。是以道可非常，名亦可非常，皆守情于中焉。道之动，情之起；道之静，情之息。道冲情盈，道隐情虚。是乎，情为道本，道为情体，体动则本应，本应而生万象。万物同出之异者，情蕴之门也。呜呼，众妙之门，情驱道动而已！

## 情性第二

万物作焉，天地之情本而行道体。人之初，情本性体也。情同性殊，始于善恶。性体立焉，心随性而生念。性所持者，情之所盈也。念之所动者，情之所及也。人文之理，心念之序也。心念之序，以情充盈，故得人文之实也。人文之实，而得其美。得其美，故得其大，能成神圣者，有为于序情之返焉。是故人文之所成，理心性，规情充，至万民情同而雍矣！

## 情识第三

理心性之情充，先识情本。情本者，道之体，气之质，心性之实也。于道无形于天地，纵横宇宙，微如介子，洪盈无穷，生发之源，动静之驱，善恶之先，心性之充，理性之序也。善恶立，心念起。守情本之源，而应人间法相。法相之异，情本之源出，源出而成百家，百家而导情于世相。是故，情本于初，源流于世。依次而序，源于情本，生发善恶，取于仁义慈悲，而贯于世间法相。圣人总揽法相而返心性于情本而已。世相之情，情本之易相矣，一曰性情、二曰持情、三曰法情、四曰念情、五曰物情。总此五情，以知情本之识也，意之动，情之充，念之成也。

## 情持第四

性定而持情，信仰之所成也。仁、慈、义、悲、理、心、罪，皆为定性持情矣。情本由性入持，本同而持异，本源而持生也。是以宗教皆由情生而守持异也！情持即守，道可一也。一生二，二生三，三生万物，此已成创世矣！新世始，天、地、人、物序焉。重立天地之道，再释人之生死。生死释，序人伦，人心归一，情同法异，情本之返也。性持一统，情至深，民中和，万物育焉。

## 情法第五

由性入持，以法统之。持情之力，法度规之。天地常恒，创世各异。非因创世而天地存，天地之恒常而统载创世之异也。创世之内唯心法，创世之外唯物存。呜呼，物、心皆唯于情本！物为天地之情物，心为创世之情性。物常恒，心常易。是以天地载心，以恒载易也。知恒易之变，而修情法于世。人间法也，统性之要塞，返世风于情本，而得物、心归宗。各族之内，皆有创世之言，古往今来，皆有创世之易。天地不言，以载人世心相之异。古圣依天地之大德，设礼载俗，使情本不离，性持可异也。礼者，以序情本之位，天地之大法也。乐者，以合法度之情，情本之大中。情法之行，明礼中乐，阴阳之道矣。

## 情念第六

意起念动，而以情充。创世之内，性定持情，持情于法，情念得发，发而皆应情本。人间法相，应创世内情。所谓七情六欲，统返情本，而立人情于世。人情之情，性之定也，心念之动也。圣人持情法之愿，以合天地大法，归宗于情本而已。所谓教化，定性、守持、立法、导念而至情本之中也。天地不仁是为情中；圣人不仁亦为情中，犹因情法之达也，情法失健，圣人为之。情法行健，圣人不为。为与不为，所谓情念。以法导念而入性也。是故，情念寡，民风淳。情念盛，大法崩矣。情充念盛，情念渐蓄而已。寡而盛，情之长也。盛而寡，情本之中也。中者，情本行健。一消一长，情本之大法，阴阳之动，天地之常恒也。念也者，无于情中，盛于情流，依法之健也。

## 情中第七

芸芸众生，世间法受。亦束且缚，观心自诛。情深所执，淫邪而出。情深于中，圣道之入。魔出情流，锐妖难持。圣道之门，法情中度。法之度也，情本之返。知其返乎，神圣初成。情中如冥，天柱中空。中空如宇，驰骋于宙。蛮荒之子，昧昧力张。力张充盈，蕴情乎出。情中之出，有气洪盈。情中之洪，天地孕乎。中洪中洪，且实且充。贯宇通宙，心慈无穷。游柱于顶，放目视冥。冥也之明，灵台之光。念本统合，情中贯之矣。

## 情物第八

情物者，天地之于创世之内应。是以唯心而识于唯物之上也。唯心之识与天地同归之时，心、物合一焉。未合之世，圣人以礼敬之，以风化之，而合天地阴阳四时之序。物之性，天地之情本，性情一体，念识皆妄也。于人性之情，以用为识，未识多矣。若性情之识与物性同，天下大明矣。

## 情返第九

华夏之体，宗情本之厚德，使万念归一。天地之大法，以礼为器，载情性之持、法、念、物。世相之表者，尊俗同礼也。人载情本，亦表性念之法相也。念于性内生性情，性情于法持得情中，人间悲苦，法之失度也。情盛且流者，乐胜不以礼中。儒家统华夏之体者，不因其仁善之性，而因其克己复礼而已。礼乐之用，总和情性之异也，礼乐之法度，返性情于情本之宗也。本末之通，礼乐和，法度持，性情中也。

## 情公第十

人各有别，万物各异。中情之法，公平可也。公者，礼之序，性情之体，念情之器度也。以情本之中为公，而明天下之序也。人道之公，序人德之品而定纲纪，依圣、贤、才、智、平、庸、愚、劣而定进取之道，此谓之天命也矣，天地大法之情中，无情之情焉。古圣明此要害，恐才智之士持强，故行人文之法，定情性，尊圣贤之位。才智持情法而力行情本之返，以功德而居圣贤之位也。此谓之天地之情公。

## 情媚第十一

性定而滋念蓄，时变情流，情流则繁法度。所谓法门，情之媚也。情媚于本宗，则可中度情念。若于情念，则情流念淫矣。媚者，持法之术也，中度为功，失度为祸也。礼崩乐坏，起于媚情，见于心念之微。心念渐微，情流渐妖。故礼法无情，守持天地之中，所以为崩，人间礼法之崩也，亦为创世之内事！圣人言美，大中之德也。媚心之美，无觉渐胜，一乱一治，媚之祸也，自然之大法。时阴时阳，念识进，天地之明法而已。

## 情统第十二

人文之初，天地之情本载于礼。后世天道人易，创世已始。情本之礼恒常，创世之礼崩易。故华夏体格之常恒，皆因恒常情本之礼也。天地之情本为宗，创世情性之本为伪，化性起伪之合情性，亦为情本之次。次本为伪，以情性为宗。华夏固本融次，体格恒常，皆为情本之功也。故华夏不以政教相合而统国，皆因情本大法之礼统也。华夏之外，礼不恒常，情本渐失，后起次本立情性之礼法，而有政教一体焉。情本之初，古已有之。宇内之大，莫不宗之。以本统次，宇内序焉。大势之为，各国之同，同于情本，各国之异，异于次本。同于天地之情也，肃统于创世内外。

## 情宗第十三

人情之繁微，何如善性之一。善性之一也，恶亦随之。善恶者，一阳一阴。善恶归一，一于情本。是故，情本为宗。人情之微，本宗、一性、生念之情充而已。善之阳也，情本之正相。故圣人扬善以隐恶之阴。

## 情充第十四

言性恶者，罪己于情。罪己之情充，体恶情以至善情阳盛。言性善者，阳于仁义慈悲，而阴恶于已化。性恶之已化者，若阴盛阳衰则邪佞，阳盛阴衰则刚强。故言性体者，必有平衡阴阳之妙法。仁、义、慈、悲之情充，皆为阳善之大法也。

## 情流第十五

喜，狂而不知重。悲，哀而不止伤。忧，溺而不自拔。欲，穷而不得遏。情，深而无中度。皆为情流。情深于事，则事精进，无中度则过。情深于欲，则欲纵，媚者贼之。情深于忧，则忧妖，妖灵显而无寿。情之深，中于礼，则流止。情流，文饰妖而盛。止，民文而不知饰。是谓不知，天地之情中也。是故，圣人闻音则知国风。礼崩则乐坏，乐坏则情流，情流则风淫，风淫而音靡，音靡则可知情充之过。服饰艳，举止浮，音声惑，民容谄，乐坏之表也。情流之乐不得其大，显于情深之微。微而繁，不得止，精妖灵异，而至异言者出。异言者，惑乱之始，统合之机。妙哉，玄机于此，自古如是。

## 情善第十六

至圣也，知恶以悲，扬善于仁。以扬善之力而隐恶，隐乎，固顽之不可去，力乏则起，亘古之阴也。圣者言：战战兢兢，如履薄冰。非此不可克性也。生死至善，毕生其功，人为自持，久必懈，懈必返，返致乱，天下之分合兴衰，其数于善恶沉浮，两情消长也。

## 情礼第十七

礼者，序万物之位而合情本。人于天地之后生，于天地之先死。敬天时而顺地利，于人德之先，创世内外，皆立情礼之统。依统创世，天人可合一焉。是故，圣人执情礼于格物、合法、应念、入性而归情本之宗。礼也，一也。本末之谓一，情礼之健通。世法之宗，情礼以雍。清四时，明山川，序人伦，统万物。于情念之繁微亦不失其则，于情法之多变亦不失其宗，于情性之起伏亦不失其度。情礼之统，天地之纲常也。

## 情质第十八

性内之善者阳于表，恶者阴于隐。善起而情充，恶随而隐于克己。阳扬而阴隐，性也。阴阳同生而归于情本，发乎气。气之虚，以情实其质。情善于世，而恶隐于克己之内消化于外也。

## 存性第十九

心觉非性，需成身规行，执念于心性。以心为本，情性失矣，或成慢惰，终使流情。情流则散，束之则难。如决堤之水，空漫而非形也。精气溃流，何言身存？身即已去，何言心性？心性即无，以何为觉乎？沉迷于惑怠虚空之中，而自慰于惰学之思哉？心起而情充，情充而知物存。非无情而物去，仅人之心起有时，情生有数。故知之有时，感之有数而已。

# 二、人文创世

## 人文之下

人生而有性，分于善恶而归一于情本。虽上清于天却不知天，不知天，故于善敬而抑恶阳，因其抑，善敬于神性负阴抱阳，显于错位之神阳而恶阴。先天之敬，神性之随，是谓人神共体，以敬先天而达神通，以抑恶阳而行人文之内事。故神性上于人文而归于人文之本。人文之本者，神性之善用也。善用于民生之政，善用于明伦之序。是也，神性虽于人文之上，却实为民生之统，明伦之首纲也。神性随于先天之生，立于神位之显，是故，非神位创世，所创之世，皆为神性之于人文立之，众人之人，众神之神。能统众神者，善敬之天道也，天道者，民生之政，明伦之序而已。

## 神庭之位

天道无穷却有四方，四方共主，拱立其端。天道无穷却有三界，三界分治，各序其功。神性之光，人功之代立，合天道，应八荒，凝精气，拥灵魄，执明伦。是故，四方有时，风雨雷电之交。人文所主，人功之尊也。众人之人，亦以宗主接其位，不夺众神之神。是故，宗位虚化其人也。于人文之内，设礼乐之雅，置器物之规，化风俗之习，而后道体立之。道体立，立而异，异而殊途，是谓众人之人，众神之神也。众神之神之位次于天道端主，次于四方之拱，次于三界之序，次于虚化之宗位。人神通途，敬畏于天地三界而已。

## 神职之立

人虽生而有性，禀赋各异。异于善恶之动，阴阳之显位也。敬善于神性而勤于苦持，明化大道而殚精于神思，历万劫而不堕其善，挫百锐而臻圆融，处繁华而守静笃，是谓不动，是谓守持，是谓神性不失，是谓不失，人神共体，而后返情创世，执众生神性之持，位于众生之灵台，坚强而不死，代神而言敬善事。众生者，弱生之徒，惰于思省，荒于功业，畏于苦持，精不足竭虑，挫不至臻境，其魂魄游离于外，交付于宗位者代之。是谓神位之得者，坚强不死者居之，而统弱生之众，以达敬善之通途也。

## 神庭之下

弱生者不可立于神，而附于神位。其附也，知性之存，神性器于位体，知性若失，愚昧之生也！古圣之不可通今者，皆因以坚强不死之神圣下达弱生之众之不可得。非众人之人贤，众人之人神，弱生者闭神性久已，众人之人，有坚强不死者出，宗帅灵魄，依众之文，设天道之途，敬善之法，而下化于风俗之器也。

## 物存心识

创世之内唯心法，创世之外唯物存。科学之技，唯心之设，天道大明之途而已。一设一世，一创一设，破立之间，唯心力故，而唯物存。天道不可穷知而求知，是求也，敬善起于天道未知，而力行于求知之途也。非天道明而神通之，以其不明而神性惑冥，是故敬其惑冥之求知，以善性应其所求也。科学者，求天道之明技而已，其技者，非本体，亦不可本体也。科技之设，创世之纪，人文之始，其创世也，人文之内事而已。

## 神性显象

职者，位之责也，非权之统。智识渊博，神性不离，执利人之法，卫天道之常规，守法体之循环，时破愚昧之良知，以习、悟为修性达人之本，以尊性去权为创世之格依，德勤于习省，以俭养之，以达人厚之，以守持常之，以神性尚之，以位责之，以灵魄惑冥之，以法师之，以性表之，以功德统之，以位显之，以众一彰之。神职也，责之重也，非坚强不死者不以洞察生死，非返情至圣者不以殚精竭虑，非勤勉习省者不以广法通达，非神性至灵者不以得众善敬，得善敬者，上下得一也，其职明，其位常。

## 谷神之庭

精溃而游灵，灵惚而体魄，体魄而守魂，故求信，信散凭触，触表而目色媚，情流于此，神性尽失矣。是故，法门之用，流情之归宗也，宗者，情本之渊冲。黑玄葆光，天府之域，是谓神庭。神庭之无穷，生发之始母，显像于一，衍育万物，谓之创世之世。

## 入观神庭

黑玄
非暗非空

神的眼
击穿天根
牝门大开
无为无力

太上之上
虚存
夷影

圣者过往

天地门生
欲言皆诘
恍惚
眼内冲渊
神性无性
玄德之雌
吾以公行王
常久成神

倾势的权
成了女娲的石
隔绝天府之眼

光如魔
刺杀谷神
人眼之外
无夷
无希
无微

黑玄成暗

## 神识

其理也，入世之文也，世外之灵知，神性具矣。灵神之出，非理能明之，不可言状。遨游虚空，通达四海，袭之以灵而已。元神出之，其灵以入世之理而后幻物成形，此谓神识之能也。

## 持法

众言
一心成世
何以为法

吾曰
诸法皆为有为法
三千世界
其法如是
取于众生之习法
而成于其心所持也

众言
其法于身习者
何于此心世乎

吾曰
心一其外
无物也
无心也
无我也
外于内也

观诸世相
导一之法通达处
而见其性命也
身性之门
持戒而忘
普世之法
物相行思

四法具一也

上至神性不惑
下启众一不宗
是故
有为法功
无为法空

## 不周山

（1）
黑玄的神庭
没有光明
也没有神
神庭的庭
无边无际
黑昧混沌
我们都来自那里
宇宙万物都来自那里
那里只是神庭
只是黑玄
洪荒的力也是来自那里

洪荒的力
却把我们带到了人世
不强不弱
无强无弱的力

洪荒是神庭的谷
谷神生育了谷神
生育了光明

谷神不是那妖言的神
而是神庭洪荒场的力
那里有我们的父
有我们的母
我们都是出走的孩子
在光明中迷失了黑玄的场
黑玄的神庭是我们的家

观色的眼
让光明封住了神庭的门
那一刻
灵被禁锢在观色的眼里
只有黑玄的场能让她重启
遗忘了我父我母
遗忘了出走的路
我们顺着不周山的山行走
昼夜的光明指引
居住这世

有人可以
用仅有的黑玄场的灵力
叩问神庭灵的门
引领着我们的迷失
寻找自我的场

女娲不在神庭
上帝和盘古
都在不周山的山下
都是引领我们的圣

就在不周山的山下
巨恶的伪者

假借圣者之名
用不周山的山之力
造就了权的杖
以神庭的名义自封成神
利用我们的善良
和对神庭的思念
却把我们和神庭
阻隔在他这个伪圣的
神的面前

(2)
就在不周山的山下
圣者头触不周山的山
只为唤醒众生真知的灵
伪圣用权的指引
假借天庭的怒
迷惑了人神之灵

那些无名的圣
把神庭的玄德和袭明
写在了书经之上
唯有尧开启了禅让的真德
伪圣们又利用
众生对真德的信任和依赖
巩固了他们位的权

就在不周山的山下
是一场真德和伪圣的战争
真德的贞亡
成了预言
不周山的山已经倒塌

真德也未打开神庭的门
因为那黑玄的神庭
不在不周山的山上
神庭
就是众人之人的灵
众人之人的灵
就是众神之神的门

（3）
真德
一直把自己的神庭
安放在了不周山的山上
而伪圣却远离了不周山的山
成了率土之滨的王
虏掠了众人之人的神庭
征伐普天之下

真德的率土之滨
没有了神庭
普天之下的王却已封神
伪圣的神权
成了王的冠
奴役的了众人之人 众神之神
我们要逃离那率土之滨
回到不周山的山下
以黑玄神庭的名义起誓
我是普天之下的众人之人
率土之滨的众神之神

众神之神的灵
有不周山的山永恒指引

(4)

伪圣的神权之杖
在不周山的山之西幻化
伪圣把黑玄的神庭
说成是神
把洪荒场的力
和谷神生育的谷神
说成是上帝的能力

神与上帝
成了黑玄神庭的代言者
代言者以权杖之位
以权杖之名
开示人灵之光
封闭了众人之人的众神之神
把众人之人阻隔在神权的法杖之下称王
伪圣开始了众人之人的迷失世纪
他以神权的指引
令众人之人的众神之神
集于一身
在黑玄的神庭之外
假设了神权之上的天庭
这假设的天庭
令众人之人开始了对天庭向往的虚无沉沦
同时开启了神权的因果地狱之门
众人之人的众神之神
就这样
畏惧在神权的伪圣之下
习惯的成了失去众神之神的众人之人

就在不周山的山之西

后来的真德
总以先知的觉悟
试图开启
法杖所封闭的黑玄的神庭之门
这就是不周山的山之西
黑玄神庭的史诗

不周山的山之西的真德
在常久封闭之下
以生命的血光
刺穿了法杖的统摄之力
却迷失游离在神庭之门与自由灵之间的场域
众神之神都迷失在那里
没有神权法杖的黑玄神庭
有什么理由让
众人之人的众神之神回到黑玄的神庭
又以真灵辨别真德的圣者恪守魔的禁忌和诅咒
唯有洪荒场的力
于众人之人的黑玄神庭中
开启真灵的光
让众人之人的众神之神归位
随着真灵的光指引
没有天庭的诱惑
没有地狱的恐惧
我是普天之下的众人之人
率土之滨的众神之神

我们来自黑玄的神庭
都是谷神之子
唯有谷神生生不息
我们的黑玄神庭的灵

生生不息
只为这生生不息的谷神之母
在不周山的山之下居住
我们生的意义不是来自伪圣的指引
也不是来自天庭的诱惑
所遵循的道
只是谷神生生不息的力
众人之人以真灵的众神之神生生不息
才是找到那黑玄神庭的唯一法门

（5）
黑玄的神庭
在不周山的山之东
被伪圣假指为天
并为之代言
统摄人神
率土之滨与普天之下
隔绝了谷神之门

那王的权杖
机巧的让众人之人
遗忘那众神之神
遗忘那黑玄的神庭
还有谷神生育的谷神

有一位圣者
以文字之力的袭明
写下了黑玄神庭的玄德
伪圣的皇权之杖
以权势的力
使用了圣者的智慧

就在不周山的山之东
重建了一个
权杖下的黑玄神庭
让众人之人的灵
仅在谷神之门的门外徘徊

权杖的王
以众神之神的王自居
又用虚构的神位
赐予率土之滨的臣
就连不周山的山
都在他的普天之下
在不周山的山之东
后来没有贞德的出现
这就是
不周山的山之东的史诗

## 创世自由

(1)
所创的世
皆是人文之内事
创世的自由
是信仰自由的父

神一直在人神之庭
伪圣假借神庭之名
造就了神权和皇权两种权杖
统摄了人神
我们要自由的灵
不是权上的指引

人神共体而弱生者附
坚强不死者存
因其不死
而可上接神庭
下化圣道
执道一而立性
立性而文饰万象

上居神职之位
显位而尊性
以附弱生之众
文饰万象而有异
其异始于立性
发于显象
归于道一之同
是谓创世
创世且文世
民居其安而神性归之
是谓人文之内事

天下皆源于神庭
故人神不死
因其不死
故道可归一而万象不可一同
因其不可一同
是谓自由

(2)
创世之万象
人文之内事
万象之名始

创世之文立。
立而序则成纪
序而名则成纲
纲纪明
世象清
创世之统虽一
而于外为三
于内为一
外于世谓之创世
其外有极
其三无极
统归于普天之下
普天之下守道一
是谓元道纪
古始之道纪
人文之外事
天道之常理也
是故
宗于古始道纪而生发无极
无极而创世
其内又出万象之大也
道纪生生不息
万象生生不息
人文统于道纪而生生不息

（3）
情愿于地狱沉沦
也不要伪圣分封的神来拯救
我有自己的神庭
伪圣神的拯救

却要交付我的黑玄神庭

我是率土之滨的众神之神
我是普天之下的众人之人
被伪圣封印的灵
那是自由的灵
是黑玄的神庭
无需统领
灵于肉体的封印
只有坚强不死的沉沦可以解救

圆满的救赎
在不周山的山上起舞
日月悬明
指引的是沉沦的路
黑玄的神庭没有光明
没有黑暗
是沉沦开始和结束的力

坚强不死的灵光
破封登庭
我是我的神
创造灵光之下的世界
权杖的法力无效
贞德的启示
足够指引沉沦的路

## 修学

(1)

心法之用也，心驰之本，而法其表也。众习其道而不得心者，皆因求道者运术而忘本心。师之教也表，以术入法，而归于本心者难矣，故诸人得术而不得法者庸矣，得法而不得心者俗矣，得心而发乎情者归本矣。反之，练心无法不得其精，失精而不得纯性，性散而法不得归宗，其术无根统矣。非心法难得，始于施教之本初也。启其好学之志，由思驰心，凝练不怠，而后精固性立，情发而不离本宗，玄乎哉！非以表始，望其悟道入性者，本末之反也，得道者寡，而不得道者虚华矣。

（2）

聚精化气者，灵、秀、清、锐、钝、和、宏、庄严、大庄严诸相。气运者灵、灵溢者秀、秀固者清、清冲者锐、锐藏者钝、钝通者和、和化者宏、宏大者庄严、大而无相谓之大庄严。诸法所达，修持之功也。音声思行观施等，诸相之一也。得一之功，诸相法通，无尽无藏，修为之也，自持之也，功法不外，其内曰省，功法之外，取于世相，修习归一，得之而后持。

（3）

人之异，精气先天之盈亏也。盈者有圣人之相，平者可治贤达之功，亏者可攻修身之持。皆成于功法之修。功法受领于师者，然明师、善学、通悟、行参、勤修皆为取法之门，皆可为师。精成于心、精、气、功、法、相、行、思之得一也。练精之要在于凝神，凝神之要在于心、法合一，心之异，禀赋之出也，不可与众同观，又与时势相合也，随变于情境焉。微乎哉，自成者希，明师者系，正法不可轻传者系，故圣者希焉。

（4）

人文始，情念之生也。天地之与人应，情念之力故。人之所立者，情同之众念应。人间术道，其法皆出于此。道合八阶，内生无极。八阶者，立身、处世、感众、达志、德名、追远、王功、神圣。前四平庸，后四贤圣。一阶一境，前四人功，后四化神。进阶之法，天人所合之玄机也。道玄而情实，情实而求内生无极之法也。

（5）

显于智而屈于渊府，渊府之城而下于慧格，慧格之高却无用于至善。至善之仁，至性之为也。至性之亲，至怀于天下也。虽有身于世而身立于多艰，亦成其大也。虽多情于众生而屈于世法，亦通其达也。以残躯而载辛劳，慈悲而观返噬，虽大难于己，却可显世于情亲，无我于恒虚之伟境也！

(6)

不得其位，仁善皆屈。以布衣之善行蝼蚁之仁，道不过方寸之间，功不抵碎石之压。力之所至，位盖其道。素王之德，位之用也。其用无大，其位无端。其用无微，其位无教。仁善术道，力于位附。

(7)

苍山情于苍，海阔情于大。月功于明，日德于照。人立其秀，必明于世也。立亦不易，秀亦不易，彰明不易，何以人为乎？破亦非道，静处非道，何以道乎？人术之御，道之御也。术起道兴，术极道隐。故圣人言中度之法，运于术。人立之秀，必情以身表，情深化精，精相于气，立身自明。身明之阶，术道之八。

(8)

精气至纯，纯灵盈溢。精气仄虚，浮灵破体。先天之灵，是故难持。亏寿之虚，损之又损。采灵于魂魄之游离。混混沌沌，其道充盈，冲冲盈盈，道光且明。吞吐至阳，静成山势。渐炙升腾，充盈昧昧。神魂出窍，狂舞虚空。力贯四肢，有气似虹。侧目天下，虎啸龙吟。

挥掌拨云，弹指驱风。有声如钟，迎雪成松。浩浩泱泱，黑昧且明，冲冲贯贯，彰善而行，其精可纯，其神可清。

(9)

学、问、思、辨以穷情理，此为学之四维。张此四维以穷理之无极，毕生之功也。不满不障，求真勿畏。人非不卑，人随不骄。谨慎思言，内辨外纳。穷理之辨，棒喝无惧。不止于道，究竟术微。术微致用，以证穷理。子曰：知之为知之，不知为不知，是知也。知之宜穷理，不知宜学问。是知也者，得学之中度焉。保此中度之法，学之达也，规之愿也。即明其知，而序伦常。敬亲于亲，敬国于义，敬世于情，爱人于仁，敬位于责，和风于民，神圣于心。文化天下。

(10)

其言彻明，意在慎言思学，立人之意，倡此学风，故持文字，依学体，所言慎思明义，不作流言蜚语，乱我世风而已！

此世之风，礼乐皆流，道极必反，故应时势之命题，明我学子之责，严苛于己，肃言行于外，入虽难，达则成器！

正道不显，邪佞何以为镜？故此，邪佞至阴，正道行刚，邪佞刚极，正道行阴，皆阴阳平衡之度而已。

若言道者以衣、食、住、行所考，非圣人不为，观者不能体察而已。

察圣人之意，由内求而至外应。

才学实，功业成，功业成光辉华，若圣人不著功业，来者岂知圣意。圣装非装，功业之光辉也！不以轻人为高，不以貌恭称怀。不以所知为满，体察民智之力。

知为思，行成习。君若明，今日始。道合同，莫相欺。扬正气，斥邪佞。师授道，我思进。

(11)

精有尽时，神耗数穷。所谓人心之势，无非有二，一曰名，一曰利。君执其器，二人皆至。因利而聚者，无关乎伤情，因道而聚者，无关乎失利。是故，欲为大道之事，需待道合之人，得此左右，轻举名利之器而成其势。趋之若鹜矣。是以言：圣人不仁，视百姓为刍狗。

大道之器也隐，身退而彰者，天不与时。竞天时之为，必有非常之人，有非常之人必待非常之势。合也，诡也，莫辩其道，而在重其器也。器成则大道可达，器散，虽有滔天之势，亦不可固也。明此，可知人心之为，无器则无功，器小则功微，器大则道可达也。无器之为，徒劳而已。器成，虽处远山之孤，亦有二人能至也！成大事者，不惧其孤，唯恐其器不重也！

(12)

臂舞

关山月孤

江河曲透

洪荒远来
埙声泣血
山穴藏笑
剃度者的钟
击溃精妖

我于松下合掌
卧雪成像
弃法归藏

文字谶化抽刀
媚惑如经
明暗成艳

我眼
我闭
我言
我禁
圣人如雪
覆寂而化
一瞬成谶

（13）

众人之神，利器藏锋，心舌攀宵。深不可测其微，而可外观其格。虽得其格，而不识其微，故不可应之于细也。格中之格，微之又微，不胜其繁也。若以有限之力以窥众人之微，不智也。应事而定其格依，以此入微而观之，取一法之明也。

## 师道

敬知，尊德，亲贤，王圣。无德者不可传道，授业者不必师表。师道者，授业、解惑、中度、化德也。授业之师敬其知，解惑之师尊其德，中度之师亲其贤，化德之师王其圣。故此，非王圣之师不可宗其言，四者具，王圣出。王圣不以功居，夫为不居，是以道隐，道隐化子，子成不圉。子不圉师故能思，不圉知而能真知，不圉德而能修贤，不圉贤而能化圣。如此，师之导，子承师道矣。师道承，文上之道得焉。

## 王格

王格者，可窥至道之明，行雍和之治，得势拱之七十二翼。身退而志出，行化而言隐，位显其庄，教得其严，大载也矣，其德不颂而具焉。居王格而无王志者，未见王功之大美也。圣者之野，王道之治也。兵卒之举，强身弱思，将帅之道，攻伐之断也。若以将帅之为而行王格之事者，心力损而身疲无功矣。道阻行艰，其翼不成也，志不可彰也，道不可明也，行不得化也，位失其庄，德失其大，雍和之功不可至矣。

## 雷引

夜伏山侧，希光希哉孤旷若实，有峰弧隐兮恍惚若存。心明之不惑，而叹视力所不及也。目视其明所为据，何以未明之患也。心不可主，而依相生安，弱生之徒尔。若存若亡，非黑非暗，似空似实，其中有质，此为道色乎？触不可及，弃之不去，山夜其色也，道境也矣哉。心以境生，脱实相之拘矣。惛惛然也，昭明之力乎？山雷大作，起乐若鼓，通冥之激否？壮兮洪若冲，质若空，力继不失，境虚有物，何帝之存哉？神性贯之矣。

## 学志

通达四海，窥经纬之机，成玄圣素王之德，创开明之世。所应三千世界，文上立之，文而化之。破一文所统，创无限生机。此谓肃统之志也！

## 传择

先古之传道，每必以论录之，非其文不立，学风相轻之故而。《论语》之传世，众人竹帛之志也，得以留名之利，而后立道诉文，七十二贤素王之翼名成矣。故孔子述而不作，生而不得其用，死得其翼之拱哉，悲乎哉。以老朽之体，苦行教化之志者，平辈之轻态难逆尔，退而因材施教，有教无类矣。孟子亦晓此理，于故里育人，皆为俗态所困而已。王氏守仁，得道而后传，以所应之答成文，得其道惠者以传道之名成书，又得其青史之利。以史观之，授道择徒之举，术道之圣者举也，石公，鬼谷等辈为之。所不及学派之势者，无翼之患也，其功名于一人居之。玄圣之道，其传不得其择也，贵在自成天择。素王之道，可传其志，其才文之极不可定也。明此理，若求其传世，上求其势，而得时势之拱，中求其问，而得其翼之丰，下求其育，十年可成。三十能立者希，立者知障甚，不立者更甚，四十而伪性固，已不可言道教矣。是以不立教名，其行曰传也，传也者，言行神志，问答论思皆可为法也。玄圣素王，生若不得其功，志于死焉而无憾。

## 一念成体

静坐成峰意随风，磐石冲钟。重根上行，轻燥不逆，扩，无有内外，透兮无存，与万物峥嵘不息，恍惚平寂。山有泉兮泉汇境，心有明兮明同光。仙体净兮灵台跃，气龙化风兮无相界。我是谁？吾若存若亡，山林之体，云诡之形，万千不可固形，天冥不可限其踪，一念成体，脱其性禁，神也哉，百万千世界无量数也，皆可点石成金，化意成形焉。

## 文上宫辞

心气之精兮以生文华
有灵于人兮化行天下

位置于虚兮邀待君临
临之于宫兮化圣成神
王翼之翅兮七十二方
天地人位兮以泱我皇
我身之隐兮文上宫子
我心之为兮宫学化世

入时俊杰出时鹤
文上宫内论功过
是非不在红尘里
神仙自说神仙活

# 三、肃统论

## （一）肃统

群峦叠嶂而无序，峰兀之则高下，谷延之测远近，非峦不可自主，峰高未立也，立之而上下自清，何虑其不平焉。以其不平，故法自然之道也。心性之繁，不可规劝，道统立而自明焉。中道之盛，器道之主，不可扼也，道统立之而自序焉。人心向背，不可力束，道统立之而自归焉。学不得定规，士子无以立，道统立之而自行道。法不得恒常，万民无所依，道统立之而俗正。人文失统，巷议四起，而民不得其安，心不得其宁，国势渐衰，皆为道统之失也。肃清道统，天下自宁。大功于道统之纯正，不可伪也。

### 三文

天文者，日月星辰，四时阴阳之理也；地文者，山川河流，万物刚柔相济也；人文者，应天地之时势而行仁义之序。

圣人之序人文，应天时地利，察人物流肆，故起文饰之，以达人文之化。

人文之始，其理也简；其意也诚；其心也正；其序也公。

天地时显不仁，降灾殃以中和人文之度。

## 人文

初承天地之文本简，至后世人文之繁者，皆起于人文穷极之性也。故人文之兴，渐担其用而失其诚也。

上古之序，公于天、地、人、物。止于人文之公者，始于帝王之道穷极。

至于后世，人文失其公，霸天、地、人三文于一念，而行穷极之欲也。

上古至今，时乱时治，仅为帝、王、霸三道之兴衰而已！秦汉之后，独饰于人文。

若肃统于人文之始，圣人之本初也。

## 文世

审观人文历史之变，而知尧舜以极帝道，文王以极王道，仲尼察霸道之势而序人文之位，以达人文之公也！

尧、舜天下禅，仲尼所愿大同之世也。皇道至于今日，公权之同也。

由此观之，人文之兴衰仅为三世而已。始于帝道，兴繁于霸道，至今日之求人文大同之世。

孔圣人不死两千余年，皆因霸道横行华夏已近三千年矣。

## 文德

人文之公：圣、贤、才、智、平、庸、愚、劣之序也，以德者居其位而序万民，自可守中和之度。

民不知其圣劣，故察于德行，感其所为，而尊其位，此为尧舜之始。后饰人文之位，以达尚德之意，而起礼制乐，上合天时，下应地利，中立人德。此为人文“礼乐”之始。

圣人言：“礼”者，序万物之位也。又云：礼别异，乐合同。别异德行之位也，合同人文之情也。

然后世之行文事，霸者所导，天地之“中”难再，人文失统，乐胜则流，而至民风伤化；礼胜则离，而民心无情守恶。

礼、乐皆胜之时，民心思恶且纵欲，无耻且情妖。礼、乐之兴不在其胜，而在守天地之中也！

人文之公在于德之位，尚德之位在于礼，和位之情在于乐。礼、乐得中，情、德则和，此为本源人文。

## 伪道

尧舜之外，礼、乐、情、德皆失其本矣。假天地之文而行霸道之为，“礼”不尚德而尚其位也，“乐”不合德情而合君权。此为人文之穷极也，亦圣人言“化性起伪”之故也。

天下之后世圣才，窃天地之文而行化世之私者颇众，中西各国皆有其人，亦有各教学说，起伪于创世之说，通达于人文之化。

东周之时，诸子林立，至唐宋，儒、释、道并立于世，各教皆有言创世之由，假德之名而另立人情之取舍，此为伪性人文。

## 肃统

今日中西之主义学说横行，民不知所从。七情流肆，礼乐皆曲，天地之文亦流于其内，不可分辨旨要，若立本源人文于世，则可载伪性人文于时。

源取天地之文，肃本源人文于德化，统伪性人文于礼位，和于乐同，则可人文清澄，万物之位得序也！

肃者，恭、正也。统者，总合归一而生发万物，以成其大。

肃美而知善，行善而统真。知美而养心善，修心而统识真。

故上古之圣，不主一家之言，皆以“礼”统之。

汉唐以来，儒已成国饰，非与宗教一概而论。孔圣承先圣礼、乐之文饰，然礼、乐先于儒也。

礼、乐为人文之本，承于天地之文，而化德于人文之中。

儒言礼、乐者，董氏始汉，窃天地之文化于君权也。霸礼、乐之尚而为君权之德，故此，人文之本，在于礼乐之所尚也！

统伪性人文于此世，总合于本源人文之中。肃礼、乐之所尚，明德于天、地、人三才之和，自可辨美丑，知善恶，立本真。

人心尚天地之德，安于性命，皇道之大美可兴矣。

### 治乱

治乱之变，不在权位，而在民心之欲。故圣人治国，克欲守寡之道而已。民心思欲，举国思欲；民心思清，举国思清；民心浑浊，举国浑浊；民心私而国私；治国之要，不患党、不患国、而患民欲。民欲之度，在于国治，国治失统，上下互斥。民心思非而失自省之度也。

### 阴德起伪

天道以阳始，以阴替。三皇承天地之仁，五帝功天地之德，而以阳德居位。天下离苦始于皇权，以阳德居之无朝代更替之苦，自夏始，天道阴德于天下矣！阴德运于术、彰其智、天道伪性，始于阴而治于阳德，阴阳之错序，扬善之阳不得其根统，而以阴其性，使善阳其表而恶阴其本矣，是故，天道伪性于人文之皇权，夺天道之功，居位于权，而行伪性之德。四千年更替皆出于此，民受阴德之伪性，私恶与天下竞，后世所得天下者，莫不以阴性谋之法、术。天下得脱大离苦者，复天道于阴阳之序也。

### 任政

若任贤于伪性之文者，天下皆尚其伪性之德，帝王有术，臣贤于阳表而阴于法术，民之哀也。任贤有术，则民贤表于阳德而阴其好尚也。四千年隐恶不止，皆出于逆阴阳之任也。阳德之任者，阳刚之至性也。

不施于法，不阴于术，阳德之位归本，而阴表于天下也。

## （二）中道

道谓之道，元也，以文为器，文以载道。文之中道，器而化之，谓之文化。器者，道文之载也。物象谓之器，中道亦谓之器，中道无形，亦道亦器。道常在，而器随变于时势也。元道不易，中道简易，器道变易也。惑道之由，皆因器失而道隐。流于世者，道性无形，存而不知，故众论道之言，使行而无从，无所适也。今观此世之况，修器以载道，规我之行，张礼之体，生仪而制乐，促成民风，以养其俗，民自化之矣！中道之易，顺天时而修“礼”，和当世之风。化于器，成于乐，众得其俗，礼之生雅，中道则立。礼、乐、风、俗皆为中道之器，而为器道所载。简易中道而变易器道，使元道守一不易，使天、地、人三才一统，自得其和，万物育焉，民得淳化矣。流而束之，难矣。促行之艰，见肘于利之诱。圣人化民不在言，而在礼、乐之功。礼之为用，四维之首。故儒倡礼之器也。器可规行束流。礼成而乐定，视听则淳，万民不谋而得守一也。圣道得化，天下治。

### 俗功

上古之时，圣人观天文地理，治历法，顺节气。敬天地之文而以大礼祭之，此为俗礼之始。礼者，民俗之中主，礼成于宗庙而化于民俗。至于后世之繁者，人文之兴也。民俗节庆之俗，起于敬天地、贺年丰、应节气、祭祖先、序人伦、和民情。故所指不同亦有不同之化也、亦有不同之仪乐。传统之节庆风俗所指本明，然至今日之名、实相离者，皆因失其教化之本初也。婚礼重其纲常之意；生日寿庆重其人伦担当；清明则言慎终追远而至民德归厚而已。其情皆异，并非如今日之像。一节一庆、一庆一情、一情一化、一化一俗、一俗一功，化世之功，非同也。

## 《易》统

强弱之势，礼倾义去。情乐已盛，乐崩情流。周室已微，诸侯思霸，次递卿大夫，而后至民风伤化。媚情无耻，近取功名。女不惜节，男不重义，在位者思欲。群议风起，各显神通，故有诸子出，乱世之相也。能统天下者，诗立境、祭执礼、音中乐、承天德、化民俗、《易》统文、物理明天下。

## 人力

《书》曰：观我昊天历象，以敬民时。今日农事渐辅，其时已殆也！故此，天道微易，农时何为？天道既易，地材与随，人文去统也！此为继统难续之因！农时既违，人文大易也。所依天道者未实，故地材不以四时而枯荣，人文不以仁义决生死。昊天之广，人力已为之矣，四时之节，人力亦可慢之矣。古圣所不能为之者，今人力皆已为之矣。可知，序今日之人文，必先统今日昊天之道，依科技力而定地材之时，人文可序也。

## 儒法

道家以无为出世，释家以空相慈悲。儒家独立于入世之怀。若言儒家之困，入世有为之怀也。圣人删《诗》《书》，注《易传》等，所谓五经，皆为儒家有为之性体；超脱高隐之法门也。儒士因道义担当之牺牲者，以《诗》至灵境；以《书》尚高德；以《礼》明是非；以《春秋》省兴衰之数；以《易》统天地人三才。儒者脱俗以超世，以五经超脱而行有为之事，故此，华夏多义士。轻生死，重道义，舍身成仁者众，皆为五经法门之功也。

## 圣心

圣人之言也朗，天下兴衰有数。道乎？君之非道乎？兴衰皆为道也。文王问明传于师，师曰：非道之不存，兴衰之道失也。天高地迥，亙古道永。天之道者，天行人适，人之道者，圣人依天道而言人事而已。言存世者，必表于世情。世情之表，民俗之，成风。文治失统，世情淫风，文治若统，世情风淳。故言圣时，道显，行圣时，道隐。行圣之要，大道之门。大道之门，行圣之法。法之化也，神圣已成。神圣所成，以窥圣心。圣心之显，众妙之门。

## 天德

《尚书》之德者，天道之于地应，人道之统也。《尚书》之藏，天地人三才之德合。于《尧典》摄人之道统，生天人之系，尚人帝之为则，万世之表也。于《皋陶谟》尚君臣之德，而明天使之于人臣之序也。于《禹贡》而明天道之地应，括九州山川之道脉，以适人道之昌弘也。于《甘誓》尚兵之德，“威侮五行，怠弃三正，而后天用剿绝其命也”。至《商书》《周书》莫不以《夏书》为德本而应人文渐繁之要务。故此，《尚书》之德，在明明德、在尚天德、顺地势、则天子、序君臣、决兵伐也。此世不明天德所指，于《尚书》可明大德之行则也。非取帝位之德于此世，而通大天下之怀也。

## 伦常

帝道之统者，天道之言也。上古之帝，非人亦人，以礼承天，以人载言。化之于众，以亲情合，序人伦之常也。古今不可通宜者，宗亲之渐衰。所习人伦之纲常已失其亲，不可再续。今群居之都城者，往来之情亦疏，所谓亲合难矣。若此，圣人之言不可为哉？非也，礼合众情，不在多寡，俗亲邻里，可随时易。独亲其亲，亦可城也，亦为国也。虽人道时易，地势中坤，天道行健也。总合人之和情，亦可为国族之纲常焉。

## 立天

炎黄至夏，天道至纯。夏始，人文兴饰，天道惘置，人帝代之，是为天子。诸子野心者，于天道之取代也。东周之诸子，秦之《吕氏春秋》，汉儒《春秋繁露》与道家《淮南子》皆为替天之争。天道不立，地坤难中，人伦失序也。礼乐不可定，人伦不可序，是非不可辨，民心不可统，家国不可安者，皆因天道之代者未立也。亦可言立而未顺天应人而已，故治国之术非道统之为，而至民违。此世天道之易，不在文饰之功，文饰不顺天道，亦为惘也。天下于此，代天道之言者非帝王一人，而众民代之。族、权、生三民者，立此世天道久矣，非道之不存，文饰未统而已。

## 器度

中者，正也。正者，一也。中谓之动度，正谓之静器。中正成一生二，而育万物得中正之度。礼之中，天道之正。文饰之中，人道之正。人道之正，中极生雅，化俗成风，安和得度矣。文者，人道之饰也。饰之中则正淳，饰之极则流淫。所谓流淫，情之失度矣。故谓之礼崩则乐坏也。礼者，乐之中度之器也！

## 物常

天地恒常，人有生死。以有数而至恒常者，人文之载也。恒常者物，人于物生文，文饰由心，是故造境。天地不以人易，不因人存。人识天地之相者，人文之心相也。心相与物相之合者，人文之极也。

## 孝理

孝义存，其理易。大同同孝义，非同孝理，是故理易。儒言大同，非失精纯，乃化世之极也。何故于后世两千余年皆无所成？皆因天道替于人帝，而后易孝理成伦，取忠信成纲。人帝之替，必归天下人心，而至一统。是以“孝”“忠”承情，传统于时，天下困于帝道之内矣。壮哉！若求大同，必破孝、忠之易理，而去帝道之传统。孔圣大义之返清焉。

## 国用

国施儒政，雍而无闻。后世妄篡先儒之愿，弘五常而定三纲。汉武之始，冕儒于纲，性体存而本源失。孔圣之文，失于国用，一用一失，玄机如此。不用则存，用之则失。破也，常也，动静之机，时势之易，本根显相，法之宗乎。非用之过也，皆权之力也。

## 道器

孔圣之至也，道、器相生也。《易经》为道、《易传》为器。《五经》为道，《四书》为器。《儒经》为道，君士为器。君士载道，立仁义之性。以性为道，其修也为器。乾坤二卦，大统其纲。君士自强载德，内法于心，以仁博情之怀，以义立情之刚。一柔一刚，一阴一阳，心法之门。其内相生之法皆合情本之宗矣。

## 次本

时者，易也。华夏之性于天地之情本，礼、乐统之。始皇之前，人文之伪成体，而于武帝之后伪性，谓之情之次本。伪性之用，天子任之。民国以来，新世之始，此为科技力故，可非四千年次本，而立新伪之元。情本不易，礼乐简易，人文随性变易也。大禹之后有夏，次本始于天德世袭，伪性成于人帝替天。由此可知，四千年次本之非，在承继天德之性，伪之于情公之礼乐。情公立，性体成，国性张矣。

## 国乐

国礼定，而制乐。国乐兴，美之则。国礼之乐，雅文之始。化之于俗，以成国风。乐者，人伦之基，情性之合也。礼之乐，国民之同情。俗之乐，生计之同情。乐坏而至情流，民风伤化，国礼失统。礼俗之国体，以乐情充之，则可实其国性，固其国体，以张四维。国乐之美，国性之化也。

## 文饰

以礼乐统国性之情本，体格初成。次本即立，可任情性之生发。民言由之而不离大宗，民念随之而可同情。是谓身其外者也。体者，载之器也。器隐而健存，器显而不固。此亦为次本之大法也。国体健于性、持、法、念不离。持不力则散，法不行则费，念不合情本而民心失。呜呼，情本之充国体，万民之情念也。兴于此，衰于此。

## 修文

国性之张者，以文饰之。华夏情本之文，《易》者全。应时势之为，《诗》者守境新辞，《书》者守其德，《礼》《乐》重制，立于三民，宗于公权，成于肃统之化。固国体，修文饰，以载创世之言。科技昌，国力强。使民少文情而务实，丰文情则情流。是故，百科之于文识也，民力所向则可兴繁物力，反之则民学不精，空殆于思虑也。

## 公权

华夏与诸国同观，可知历史兴衰之数不在君位，而在其权也。各国皆由原始公权之时归位于皇权之统者，公权尽失矣，而成皇权之私而已！中国公权归于私者，始于夏，而后四千余年兴衰起伏，皆归于帝王兴衰之道。大禹之前，皆以公权而行。帝位以禅立之，厚公权之德者居之。夏始，帝位乃一家之私也！中国四千年兴衰，皆为公权与私位两者合一之因也。不以帝位私之，天下无所共主；而以公权私之，其主难度其用。故得圣王之世，天下大治；华夏之兴衰，非儒尊皇之罪也，兴衰之数不在权位，而在权之公也。观今日之世，英、日等国其皇仍在，而得治于天下者，皆因其尊皇位之私而立民权之公也。再言欧美等国，无皇位之私而行民权之公，亦得大治也。历史所趋非关乎于私，而趋于公权也。

## 国风

上古之时，圣人观天文地理，治历法，顺节气。敬天地之文而以大礼祭之。此为国礼之始，礼者，民俗之中主，礼成于宗庙而化于民俗。至于后世之繁者，人文之兴也。民俗节庆，起于天地时势，所求之异其化也异，仪乐亦异。传统之节庆风俗所指本明，名实相离者，皆因失其教化之本初也。其情皆异，礼乐化俗，以成国风。化世之功，风俗异而情本宗。

## 文音

大音希声，大象无形。言其音者，美而不可闻。言其象者，美而不可察。而后察之者，皆因善恶相彰也。能彰其善恶者，非一时耳目之辩，乃观其大道之合也。大道者，安民之心，化民之功，隐恶扬善也！所谓美言之善者，与闻者闻，知者知。美言若与不可闻者闻，不可知者知，则为恶矣！故善彰天下之美者，依闻者而达其言。欲彰私才者，恐天下莫不知其美，言若恬燥，行似旗帆，张扬于世。虽令知者闻过而自省，然，不知者闻之则习其恶矣！此为一要。

虽知所言与谁，可明大美之达否？达已，达人，达家，达国。不以达国之怀而达已之私者，国之贼也！彰其言者，乱国之为也。虽美则妖而已。此为国之大贼，以扬善之名而彰其私才，欲取乱于时势，惑众而达己而已。此为二要。

大贼窃国，小贼者媚情。不以大美之善而达人，转司情趣之同，以达流情之恶。何为流情？其美媚心，使心乱，气燥，神离！此为蛊惑。言至此，可知大音希声，大象无形之意矣。大美守中，化而不可知也，情不动而能感，气守固而能合。此为三要也！言美者思责，闻美者知辨。

人格之美，在于充实，以实己之文，美至厚者，充实且光辉之，则成大人！言才思之美者，必以正学实之，实之若轻邪，得充盈之气亦为空泄。孰邪孰正？观其圣化之担当而已。若言圣者，必论大而化之之责也，尽此责者谓之圣美。故言圣德之美者，必观其人文之化，其化守中得正，其化取巧为邪。成圣德之化而行神德之为，化而不可知之矣，此为至道，已尽道德之真美矣。

性不在彰、私欲而已。才至厚，方可为公。不彰，性亦在，实才而显之，此谓之光辉之路。

## 静安

燥情之君，静兮守重，使轻者得其根。静重之守，情本之安。静则守，动则破。情本固而情性发，发而不离宗，七情冲而不泄，故能守天地之中，始民哀而不伤。伤者，情本之伤也。情本散，则情性流，流而亏本，民心失统矣。治国之安者，固情本，一情性，化情念，执情法之器于风俗之内，以序物情人位，理生计之方，祭生死之俗，使民于生、死、衣、食、情皆有所依，依也，安乎哉。

## 大同

大同之世即临，问国之处。因同和，因异存。情本同，性分善恶，念充创世之内，而行法各异也。法持则礼乐立。礼乐立，则化俗成风，使情归宗。情本之二者，一性一器。礼乐为器而隐，情性为充而生。情性之内，礼乐成相，则国成体。万相风异，持法以度念入性而归情本之宗也。如是乎，世可大同矣。

## 中度

总思国人之性，皆由礼、乐教化之积习所成。此为中国精神之源。序位存我之礼精神；隐恶扬善之乐精神。礼、乐守中之时，天下大治。礼重序位则民难我从；礼重存我则国难一统；乐重隐恶则民难我从；乐重扬善则国难力继。礼、乐之精神，圣人之中主也。中国之天下，非帝王之天下，历代圣贤之治与时易之而已。

## 论仁

曰：取天下任者，儒门之要义。少正卯之死，儒门之刚果也。
儒门，能御天下之文，取天下之任，犹可杀伐肃清，六艺齐出。
无双曰：杀伐之道，吾之所学，取任于天下。
曰：义之仁也。
无双曰：仁为正心，义为正达。
曰：道之仁也。
无双曰：仁内义外，知行合一。
曰：身之仁也。
无双曰：人不可缺义，义不可无仁，是为一阴一阳之谓道。
曰：变之仁也。
曰："仁者"为主，"无敌"为客。
无双曰：仁为心之所信，非仁慈一语。
曰：然也，如何于大仁之中，取无上心法，而文可安邦，武可定国，通达奇正之术，行正法而无敌于大私、大欲、大奸。得民心向背，合八荒之力。

# 四、杂篇

## （一）文赋

### 琴赋

盛德教尊之器，礼乐相和之性。悲妙玉世情，感同身受，盼破茧之机缘，随鹤笑去。青云难扶兮，精气难纯矣。渡人之名兮，自明何其远矣。其人何为兮，舍人伦之情乎？今闻琴之融雅斯音，中和血气于无形，非心求所能得也。琴哉！文“化”之大器也。无声于世久矣。今盛世之端，繁繁荣荣，热热闹闹，久燥思静，久争思和，久情思礼，久流思乐也。

### 时势

夫天时者，此世之人情也，时势者，情之所向也。天时之情常有，而势态不一。昔持仁之日，圣人乞行而能得三千众！逐利之时，乌合之众，势兴也浩，其去也溃。天时之势为利者，仁者难聚也。聚亦诡，溃亦诡。大天下之心造时，容此世之势，以怀天下之仁。

### 情制

平怒可言诗，诗三百。思无邪，正诗风而和雅。哀而不伤，发乎情而止乎礼；弃忧可制乐，乐胜则流，流而泄情，伤而失和；乐流而礼节之，节情而乐，礼乐谐，致中和；敬而得礼，敬天地而得天地之礼。故天人合一，道法可自然，斯谓之风水格局；守静于内，天地常法，应变之无常；奉敬于外，而得虚怀于内，内外一统，自可能导其性；修身养性，趋于天地人三才之一法，性将自合于天地，应天时，取地利，得人和于世！

### 无我之难

不为功名而思，不患得失，尽人事顺天命！达人知命而已！仍不得逍遥，求共鸣之音以解情困而已！若去情思，淡功名，自易圆融无我，而能不着色相，不附残身！忘我之难，不在功名利禄，实为红尘冷暖！有情为人，凡间饮食。无情为仙，其情于道也。佛曰：不起心动念！其言多为自欺欺人者逃避之法门！世事沧桑而自我设防于世，实为寡情自慰之虚妄也！唯我弟子，以劫难之躯而为慈悲之伟功。

### 论行

此世人心，言道者众。道之宏，不知其无穷，窥知则喜，以为得道之精而生知世之心。

处世不必言道，道于行中！非道生而民智，实行于民生之中！

“因为道之贵，因也者，舍己而以物为法者也，因其能者言其所用也”。如此，不明道而行，为因。非因而止，亦可止！然可于行中修因而得正道！

使民无智，乃道行无为！非言道而劝世也！

故太公言：“何忧何啬，万物皆得；何啬何忧，万物皆遒。政之所施，莫知其化；时之所在，莫知其移”。呜呼！行之力，道之所附。故得拈花之笑曰：“天上地下唯我独尊”。老子言：“其政闷闷，其民淳淳，其政察察，其民缺缺，是以圣人方而不割，廉而不刿”！

我行即我是，非言之功哉！皆行之力也！

## 任霸

齐桓公启用管仲，可知其开胸怀之容者，实乃其志所定。鲍叔牙言，国君之志在齐，在下及诸才皆可任之，若志在天下诸侯，必管仲不可。齐侯 问仲：好猎有碍称霸否？好色有碍称霸否？管仲曰：无碍！然碍称霸者，不识贤才、识贤才而不用、用而让小人掣肘者碍称霸业。可知治国霸王功业，成败不在君圣，而在兵政之任也。霸于术而恒于道，术用于道载，则王业成。

## 纵论天下怀

忆少年之时，意气冲盈，吞吐江河之志。惜哉，今省其情，何以足畏乎？曾闻孟德之论，言英雄之志者，如云龙之大概焉！壮哉，丈夫！

后得侠客之怀，纵剑千里，臆酒肆情，独乐于月下而已！蒹葭苍苍，白露为霜，所谓伊人，在水一方，红尘白雪，诗情具焉！得诗而求志，漫漫之途矣。转而内观索文，可知情怀之不得者，私情之欲尔！

以袭明之力穷极人文，天道之默然也。无情无伤，生生不息。五千年善恶不易，流情繁宗，伪性之存焉。古来犬儒违圣，效力其私，天下归于一家矣！若言天下人之天下者，圣道存焉，而行一家之私！悲哉！普天之下莫非王土，率土之滨莫非王臣。其王也，实非一家之言，而能王天下者，公权之举也！众人之人家，非以一家存之，共存于天下之大者，举公之明也！公明出焉，天下得其一，序之以清，中和得矣。

## 书论笔记

执笔行运，气脉不在墨，而在凝神聚气之间，力贯笔端，运笔如移泰山之重，屏气不息为周，运滞而不浮。不散于毫末之间，不突兀于起始兴胜，平重而力持，可见书者心性矣。依此练书，可得上乘心法入观书道，而后化之于性，性定而运笔不拘，法可得度，书可得精气。至于无相之书，非书之道，借书道而达修心之门而已。

## 圣志

每思于先圣之悲苦，其情何来？世态千古如斯，昼夜乎！知命所穷力者，其志于道也，非求闻达，非求成败，能传其志之善道，足矣！若有奢望者，不过山水之上，于庙堂之铭而高立也！其高者，绝尘而望，常叩问于天，自省于其法之用也矣！孤隐其外，以观万千世界，而得天人之一，吾于绝峰飘然，代世领一焉。

## 执樽辞

五谷在野，民思丰嗟。碌碌终日，犹祷天意决。执罇之殷，皆为风雨。
九州安安，王思永持。忧忧终日，犹祷天意协。执罇之殷，皆为民心。
汉室倾倾，孟德假位。呦呦终日，犹祷天意缺。执罇之殷，皆为乌鹊。
世风淫淫，媚情思进。谄谄终日，犹祷天意怜。执罇之殷，皆为穷欲。
无酒之罇，空怀所容。
所谓礼位，与酒何干？
罇之礼位，非酒性也。
执者所媚，非其罪也。
罇失礼去，故于流俗。
诗酒雅量，武夫海饮。
执于今世，于樽何干？
高朋低吟，心怀诗情。
智者所傲，异取为高。
樽酒之度，以雍贤愚。
修器载道，兴礼中乐。
天人权欲，克己在度。
实樽之酒，天之道也。
器酒之樽，民之敬也。

以乐和之，我心安安。

## 祭茶辞

明秋远尘，工年赋岁。
清世之风兮，静以守一。
平巷之议兮，等观自去。
秋收之际，沸金叶以应天时。
登高追寒，煮飘雪以化风雅。
情者如斯，天地为约。
重言起礼，生仪祭茶。
红叶为毯，与君同欢。
携手千阶，迎雪同寒。
共祭此秋，落红无数。
亦祭此寒，飘零无殇。
知生亦斯，逝也亦斯。
四季有时，人皆共此。
情深安安，风和为乐。
人效成俗，歌之成辞。
岁昌人和，皆为茶志。

## 国花赞

情含而风止，华实而神定。
美而中充，丽而重持。
静而不淡，艳而不妖。
含蓄温良，子之慈德。
色似千山秀，艳和天边霞。
非俗非雅，且温且华。
光辉天下，始称国花！

## 雨中蚁

浩浩者天，上宇中清。
即浊重地，万位已定。
茫茫者雨，上宇中云。
即洒丝雨，万物得润。
芸芸者生灵，以尘为山。
难越相隔，心使不离。
渺渺者思怀，念力如天。
可观其行，不求闻达。
壮哉！
蝼蚁之义，遇天道之难，行地坤之德。
显于随行不弃，亲而不离，况于人乎？

## 大医

不得心性之通达，不博杂学之机巧，不明心力自愈之功，所为医者，不过售药之徒尔。中医之复兴，不得其学之大，难为时势之事。大医哉，大矣哉！布衣悬壶，亦晓天下之理。

## 平湖赋

巍巍乎山，承天露以润柏松，有余入土，所过皆泽。不息滴涓，汇于山涧，顺势而下，方成溪流。微微湍湍，芳草稀疏，顽卵铺陈，巨石相阻。

无畅渠之规，无深壑积势，能成飞下之瀑者，跋涉所不知也。遇形则形，遇阻则漫，中流所抵者，滴水而穿之。呜呼，此不为道乎？其性皆显，阴其为而阳其性。

巍巍乎山，群溪成湖。以镜群山之姿，养群山之德。蓄而泽物，平静起落，自成其深，顺群山之势，自成其阔。风起涟漪不惊，岁寒冰覆不溢，鸟鸣不燥，鱼生不拒，呜呼，此亦为道乎。其性皆无，阳其为而阴其性。

观乎！平湖始于天露成溪，其道黯黯。显其性，以为能者也，故成。既成，则道性隐，显于世者则无。人道亦如此，非道性可贵，若以平湖所成之心处世，何倡道性之高乎？其性隐，天下宁也。

## 流觞追思

少时曾闻古之兰亭雅事，于序文之美，畅思悠情也！今岁甲午春初，逢此世缘化，得遇丹丰、萧泉、郭关、等诸贤友，于悟真道院追古雅怀，聊寄曲水流觞之雅趣，抚琴和情，如沐春风，温淡之境，君子之交矣！忆古思今，何以为文？三皇五帝怀仁，始于天地混沌之初，三才未及人伦之序。感天地无情之情，人、物荒蛮之性，故起文饰之，历时而化，文明天下。圣人所为，文化之功也！礼乐所出，雅之所导也。风俗所成，民之所习也！东周之后，先圣文饰之功已化成习，神之谓：化而不可知之也！故有追思先圣之功者，谓创始之神也！致于后世，雅者专司文事。上始礼乐，下至风俗，物象之化，不可胜数矣！文事之俗，群贤毕至，雅集流觞，饰文之盛举也！人之知美者，文之始也，人之意雅者，化成习也！儒承先圣之文，以六艺明后世，故有今日之雅集，群贤之乐也！

## 错怀逍遥谷

乙未春深，四月二十六日。京都尘事远，众戏山下泉。流年于今，多为沉重，去年今日，慈兄卧夫出殡，今年今日，又闻汪师国真仙去。数日之前出游，本想避数载京事，渐得自在。晨起练功，随后山戏。虽聚沪兄陌识，却亲仙道之友。释怀于逍遥谷内，先闻道友洞箫之于平潭之亭，其声悠畅，双姿绰然，游者莫不神驰，皆醉于江湖之情矣。随行十六，师于其二。后深入山谷，朔灵泉以迎茂林之景，鸟啼虫鸣。清流激湍，声近如陈，其远如洪。风玄下而式微，云遮日而气阴。人不言其情，其情同根于天地。不歌其怀，其怀冲扩于空谷之内焉。众行于此，人情之不可肆也。重也，静也，根君之道领。虽野炊童颜，不敢造次于神户，自得其雅也矣。身处寂寥之江湖，尘事却反如冥冥之态，意欲离兮不可去，魂思迁兮峰绝顶。吾能何为哉！有花独开，相望相隔，心也，念也，仙力之不可为焉。仙佛之独修，不逾世情之天道乎？笑罢闻空山，其日渐西去。鱼水之浓乎，忧患于离苦。境也，景也，迁者如斯乎，将以何住哉！

## 你若能静

你若能静，我心思安。
国祚失统，尔罪众贪。
阴阳不附，各串其位。
礼去序乱，魔佛共发。
若言其明，诡智难辩。
故需圣王，藏而不言。
力行无为，人伦教化。
此世如故，史已斯复。
欲纵难静，乐流何束。
礼盛苛流，乐行昧昧。
一阴一阳，大道得行。
一阳一阴，其流可清。
礼义廉耻，非儒非道。
诸子何物，礼之端始。
吾明其质，素王在野。
空舞利剑，独指云间。

## 工赋之赋

所为文也，志于此。孑然往行，世孤于立，面观苍茫而神游太虚之境。驻剑常窥，意通覃冥而气张洪荒之力。所历世相，不过三十六载而已！知困于法相之障，若言成败之数，后决于重生相法也。

明事以来，自知民生之多艰。非始于其志，身于其中而感兴亡之苦也矣。起于诗，成于赋。以文心之性情行文诗韵，率其性，规于中，不拘古今之语法。韵压长短不测，言随意转，论合比赋。境可处道统之上，情可抒人世之外。宽阔无边，高低无极。大充天地之气，微入心性之理。悲乎哉。虽有赋志，才不得学盈也。故于开端之赋而启新时之风，夙愿而已！

思学于此，意通治世之文。其风失正，其俗去化，礼乐崩坏，王雅散旨。是时也，书《肃统论》为文世之法论，窥天机之要而不得明言。常交太公于渭水之钓，传言曰：子可文世，待王而师！

## 龙瞰虎啸

清夜兮雨残姿息，吾于高卧之堂窥之以象。目不视其源而能通其覃上，耳不闻其击而能感其覃洪，入之尘微而用于时，应于万象而显于季也。呜呼，何物于象帝之先？催风云之不测，规天地之于道，序四时之于气，于天地之外而驭象帝之先哉？游龙盘于天柱之期，而掌普天之下，隐于三界，力之于道生焉。御九阴之风摧，云令之雨象，上吟于雷电之交，下啸于虎愤之音。何其无形之神也，畏乎哉，敬之于冥也。

## 云雷比

荒，阔兮覃之涯。生，混沌力之张。玄空漫漫，昧昧压压。色重顶势，云蕴雷惊。天兮内外之辨，气兮清浊可分。神端于中，掌临州川。山兀兮绵延之实，海啸兮起伏之期。雷云于上，神为于中而序于下焉！雷云之比，道之义哉！

### 夏夜问琴

听琴之音，历年迁境。初访姜师于室，鲁风刚健。邀曲《卧龙吟》，如春末之阳，情溢于外，音正意浓，气清神驰也，世相耶？时势之易，去者已矣。今复闻此，情纯而平，感恻秋之肃，琴者耶？操者耶？又如闻者之思而已。难越世相焉。昔日孔明之况，困志于岗，患其主而言龙凤之安。三顾试诚，始拜于玄德。受命于危难，谋立于荆州，建基于川蜀，而得天下三分之大也。遂绝命于天时，人志之力尽，天时之势命也。知机而为，智者哂之，岂知龙吟之天下志。空老于山泉之中，戏墨于华彩之章，碌碌林野，何为天下式哉！

### 天象

天象不测天象深，皆有异论借此门。
九者之数何来尊，不过天下十年轮。
任凭风来亦起浪，人心天意假亦真。
云曾苍狗多变幻，今日有凰西山沉。
即是落日明此意，此意还由人来问。
华夏自古变言天，上宵只为再迎春

## （二）杂论

不失礼，不夸辞，意诚本谦，何故刻意虚词焉，谦虚，已成了伪道德审判新学之秀的盖井石，不让你喷涌而出，刻意谦虚虚词，亦是媚俗之态也。

究理入痴而后出之，超然乎，可守，可化，可隐，俗之也！

观今日之书院，虽有传承之志，却失探究之精神。若止于传承，何用重启书院之名？继往开来，集古圣之大成而开新世之文章。传道、授业不弃，而解惑为时局之来也。天下昏昏，大道不清，士人之志，始于肃统之业。五百年出，五百年孤，五百年隐，五百年统。

孔孟之难，中立难立，非以媚权而不可得者也，而以师明理为业！民不知大道而权善用其利，却罪于圣，悲乎哉！民愚千古，何欺圣心也！圣心不死，何以为圣，其心愈坚，仅为道志，圣者也，已死而恒生者矣！

以力上而施以德下，德之公仁也。

君子择善地而居，亲仁义而交，辨事理而为之。

言辩之则纵，和之则横，故曰合纵连横。思殆于止学、应问。思纵于辩渐而止浅于和横。

至道明于众，而众归之，不以术聚，是故，佛以苦行劝渡，言道者不知尊道，尊圣，而欲驭道圣，私妄天下，以善言阳谋聚众，阴谋夺其位，圣人不为也，有为在性体之阳。

其知善也，其知何处？孔孟乎，自论乎？心性之难，不在自修，而在群处不一也，群处之大，天下之序也。

器气清，礼载破。质得一，序未统。器道门，窥天文。

末法之世，起于法相场物净土之失，而流媚于三宝起伪也。

世者，心耶？物耶？心物同在，知者以心，存者在物，同出而异位矣。

三十难立，古风不再尔。若持戒处世于今日，将寸步难行，徒增苍凉，故君子离群避世，显异行于众，若温良而身难存，虽安贫而人伦之情所困也，若斥佞而身难立，虽仁愿而不得其彰，何其悲也。

民不思贤，贤者何为？民不思齐，圣王何化？化无所附，力不可着，圣贤于野，刍狗无异！

为文者欲以善劝世，时下必陷争辩之境地。在此世为文，善恶皆可以文饰之，圣人之言无力，必由之至极，而后善之！此为历史兴衰之数，诸子之言异论，各执己见，强力难为矣！

色不能媚，却为情所动，可知克欲易，而定心难。

叶公之好龙，临之而惧。叶公惧，皆龙之罪乎？羊皮狼身之物横行于世，应叶公之望而假其形，龙现而不知久矣。持戒具废之僧，误以袈裟证佛，非佛之罪。是故，观人善行而归其类，不以权势夺我心。

美德虽彰，其恶难去。知而不行，人之惰也，惰之情，人之欲也。

有人劝言：既已知之，以道行之。我问其道。其答曰：上善若水，蓄势待发，待机而动，行道家之法。吾观今世，明世者众，而皆曲道家之法而以术行。此不正为此世之乱乎？无论正邪，皆隐其性，不明其质。其正何以彰天下乎？

能而无贤私欲张，则导民心私欲弃仁。贤而无能其道阻，则使民无所向异取也。

嗟乎！世兴亦人也，世衰亦人也；世正亦人也，世邪亦人也。不乱何以诱，不妄何以教，不诡何以化哉！乱世，圣贤有为之时，盛世，位定而无为之始也，悲乎。

尚精神之力，必导众思且正。尚利，必导众叛且欲张。尚勤，必导众行且速。尚欲，必导众恶且离。尚善，必导众亲且和。

以道驭才，孟德之志乎？以情亲心，玄德之能乎？

大道无言，其行也艰。浮沉由心起，把盏知兴替。

至诚至仁，谓之虚谋。智术浅短难御私妄之才。道用之为能，化之得善。

有高人却无大人，此国之小器也。

思进者惕。

论而无势，学子无士也。

参悟不易，得道不易，而所谓修行，行中印证其一，入世修行却是无尽矣。入世之道虽属下法，实不易得。文质相彰，修远兮无据。下士成势，晚成兮映辉。

吾生亦有涯，知亦无涯。执情本之源，而论识兴衰之数也。流年如斯，已逝乎私情。不知所念起，无悲于所念失。三十年情性，私美之不可得，而为大美之宏愿。无悲之悲，无欢之欢，以圣而存，何其脆弱。苍茫不见云海，长啸何处云霄。空空荡荡，襟怀若谷。豪气尽，起伏平，日月退，灵台清。古圣之孤，其笑如此。神交相敬，以情相亲。

释以心导而得方便之门，起于心慕之虚善，成于众望之规行，成佛于心行合一之慈。君子战战兢兢于终日，修身养性，自觉于苦行，无来生之望，无前世之因，唯谨慎于此世。此为君子之行难成众修之因也。

严苛于己而勿施于人。于己绝来生之望，于人达人于教化之愿，无方便法门之便，无依无傍于独行此生。如斯乎！古今佛徒众多，而儒君稀焉之因也。

美之为美斯恶矣，对美好的向往，也许是因为有对恶的偏见吧，要磨练这种心境，却生出多少离苦，有移情之法，有忘情之法，有魔种之法，有化境之法，还有深情不言之法，众多修炼之路，此路最为艰难，也最具有自欺性，但凡其美也，求不得矣，爱别离，如斯乎。此为青春之美，亦为青春之魔，未得正果者苦，得正果者善，而于此世而言，得善果且久者希焉。非正果不存，世道不可以人力逆之也。生而安者，恶恶者自正矣，天下不尚其美，人何以偏其私也，亦不知其有私焉！孔圣亦言，未闻有好德如好色者，食色性也等感慨，又言，唯小人与女人难养也，何故？色知其私而生比，比而好取，其愤生焉。故，远之则怨，近之则肆也！

无有所爱，无有所执。仁于心，爱于情，亲过而伤，求则失。众情止于仁也，爱则过之矣。相敬如宾，敬而仁，慈于情念，爱施而求报，情念之愤生矣。内观知止，外施卜回，子曰于仁，足矣。

天下失道，而道不孤。富贵不能淫其志，威武不能屈其节。纵失天下之利众，慎独于圣人之教也。生死于外，名利何碍。道之艰也，行道之艰也，知道而行刚寡，寂灭于苍穹之巅矣。

**图书在版编目（CIP）数据**

文上宫学／万工赋著．-- 北京：经济日报出版社，2016.9

ISBN 978－7－80257－997－2

Ⅰ．①文… Ⅱ．①万… Ⅲ．①中国文学－当代文学－作品综合集 Ⅳ．①I217.2

中国版本图书馆 CIP 数据核字（2016）第 209292 号

**文上宫学**

| | |
|---|---|
| 作　　者 | 万工赋 |
| 校　　对 | 薛银涛 |
| 责任编辑 | 陈礼滟 |
| 出版发行 | 经济日报出版社 |
| 地　　址 | 北京市西城区白纸坊东街 2 号（邮政编码：100054） |
| 电　　话 | 010－63567683（编辑部） |
| | 010－63588446　63567692（发行部） |
| 网　　址 | www. edpbook. com. cn |
| E － mail | edpbook@ 126. com |
| 经　　销 | 全国新华书店 |
| 印　　刷 | 北京市凯鑫彩色印刷有限公司 |
| 开　　本 | 710×1000 毫米　1/16 |
| 印　　张 | 13 |
| 字　　数 | 200 千字 |
| 版　　次 | 2016 年 10 月第一版 |
| 印　　次 | 2016 年 10 月第一次印刷 |
| 书　　号 | ISBN 978－7－80257－997－2 |
| 定　　价 | 68.00 元 |